百鬼夜行
魔化

永續圖書線上購物網 讀品文化事業有限公司

WWW.foreverbooks.com.tw yungjiuh@ms45.hinet.net

鬼物語系列 09

百鬼夜行—魔化

合　　著　雪原雪 慕雪
出 版 者　讀品文化事業有限公司
執行編輯　鄭宇翔
美術編輯　姚恩涵

總 經 銷　永續圖書有限公司
TEL／(02)86473663
FAX／(02)86473660
劃撥帳號　18669219
地　　址　22103 新北市汐止區大同路三段 194 號 9 樓之 1
TEL／(02)86473663
FAX／(02)86473660
出 版 日　2015年12月

法律顧問　方圓法律事務所　涂成樞律師
CVS代理　美璟文化有限公司
TEL／(02)27239968
FAX／(02)27239668

國家圖書館出版品預行編目資料

百鬼夜行 : 魔化 / 雪原雪, 慕雪合著.
-- 初版. -- 新北市 : 讀品文化, 民104.12
面 ; 　公分. -- (鬼物語 ; 9)
ISBN 978-986-453-020-5(平裝)

857.63　　104020938

生靈（上） 6
生靈（下） 27
餓鬼 44
貓又 56
絡新婦 88
扭捏扭捏 112
酒呑童子（一）鬼童子之章 120
酒呑童子（二）魔化之章 140
酒呑童子（三）大江山之戰之章 159
茨木童子 190

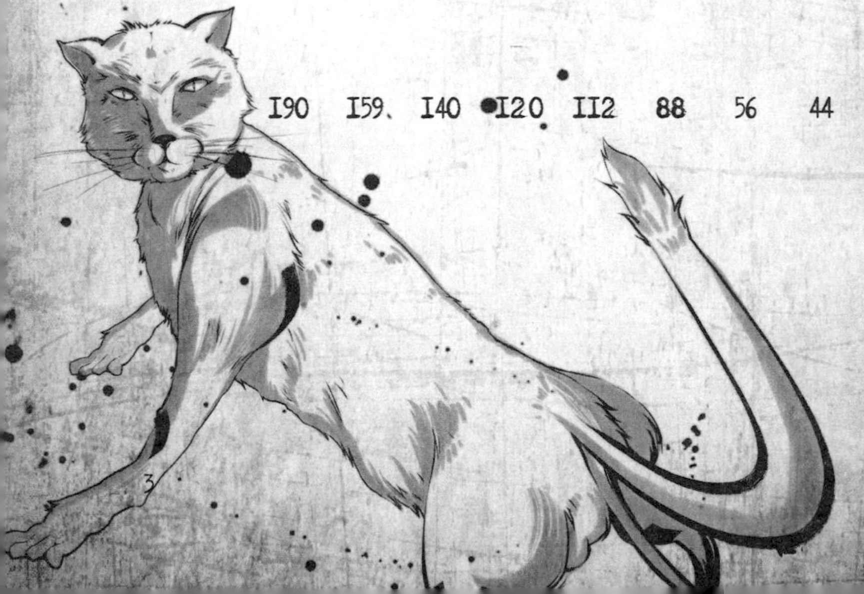

百鬼夜行

魔化

生靈

生靈（上）

佐香和學生時期的朋友來到了山中的別墅。

「嘿！從高中畢業後就沒有再來我的高級別墅玩了，大家可要好好的享受唷！」藤原很有精神大聲的說著。

佐香看了看旁邊的美登和早智子互相苦笑了一下。

佐香和藤原、美登、早智子是從國小到高中畢業都一直玩在一起的朋友，四個女孩子不論是吃飯、遊玩，甚至是寒暑假都玩在一起；也因為藤原父親擁有一間很賺錢的一流企業，再加上似乎和皇室貴族有關係，所以偶爾佐香和其他朋友會來到藤原家的山中別墅度假。

藤原雖然家裡有錢卻很願意和朋友分享，可是藤原有些愛炫耀的個性有時也讓大家有些受不了。但是礙於和睦的氣氛，以及知道藤原的本性其實還不壞，基本上大家都還能忍受藤原這種愛在朋友面前炫耀的個性。

從以前到現在，凡是名牌包、高級香水、各種高價的化妝品，只要是藤原得到的東西，都會拿出來獻寶；美其名是分享心得，但是炫耀的成份還是重了一些；直到了高中畢業後，佐香和個性溫和的早智子一起考上了國立大學，美登則是選擇了專門學校，藤原到了一間普普的私立女子大學就讀，四人也就各分東西，雖然偶爾四人還是會見面，但是卻很久沒來到了山中別墅住宿了。

經過四年後，四人又聚在藤原家的別墅。

「請進來吧！我來之前家裡都會派傭人來打掃乾淨，請各位不用拘束好好的休息吧！」藤原邊笑邊帶領著佐香她們走進別墅，接著讓她們各自到二樓和三樓的客房。

藤原在一樓對著三人說著：「放好行李快點下來！等等外派廚師會來這邊幫我們料理晚餐唷！」藤原說完後，又用高八度的音調說著：「今天有新鮮的海鮮和高級的牛肉呢！要好好期待唷！」

美登小聲對著佐香說著：「以前都不會覺得藤原很討厭，雖然知道她本來就這樣，不過今天怎麼覺得她的嘴臉很欠揍呢？」

「別這樣說嘛！」早智子笑笑的打圓場說著：「藤原也是好意要招待我們呀！」

美登看著早智子，嘟著嘴不滿的說：「早智子妳就是個性太好，所以沒發現藤原說不定是打從心底瞧不起我們。」美登說完，表情顯現出不太開心的樣子。

「妳說得太誇張了唷！」早智子還是微笑著回答。

佐香也苦笑著說：「雖然感覺不是很好，但是也不至於瞧不起我們啦！」

「哼！反正那種態度很討厭啦！」美登小聲的說完後，和早智子一起到了三樓的客房。

佐香走進二樓的客房，來到了窗前看著庭園的長椅。

這時，佐香想起了以前來到藤原家別墅時的事情……

小學時的佐香和藤原，兩個人坐在別墅外的庭園長椅上。

「佐香這個給妳。」小藤原拿起了一個東西交給了佐香。

「這是什麼呢？」小佐香接過手，發現是四葉草。「這是……四葉草嗎？」

小藤原笑笑的說著：「這不是普通的四葉草唷！這是帶來幸運的四葉草！」

「帶來幸運？」小佐香不太理解，歪著頭看著手上的四葉草。

小藤原指著四葉草說：「普通的三葉草只有三片葉子，並沒有特別的魔力；

只有四片葉子的四葉草，可以帶來幸運呢！」小藤原很自豪的說著：「第一片葉子代表希望、第二片葉子表示信心、第三片葉子是愛情，而多出來的第四片葉子則是幸運的象徵；只有像我們家這麼好的地方，才會有這麼棒的四葉幸運草呢！」

小佐香看著四葉草說：「這樣子呀！小藤原妳懂得好多呢！」

「嘻嘻！」小藤原似乎很高興的說著：「當然嘍！我是藤原家的大小姐嘛！這個四葉幸運草就當作我們友誼的象徵，我將藤原家的幸運分給妳唷！」小藤原說完後，對著小佐香笑了笑。

回憶起往事的佐香，靜靜的打開包包拿出了筆記本。

語言鳥圖案的筆記本中，夾著護貝過的乾燥四葉幸運草；當年友誼的象徵，雖然只是不足為奇的四葉草，但在佐香的心中仍然佔有一席之地；就算是長大後的藤原有時在言語表達上很令人不愉快，至少和小藤原當年的友誼並不是假的，也不是隨便可以抹滅掉的珍貴回憶。

「小藤原，哪一個才是真正的妳呢？」佐香輕輕嘆了一口氣，那是一種來自內心深處的嘆息。

＊

「嘻嘻！盡量吃唷！」藤原滿臉微笑的說著：「這些龍蝦都是早上漁夫捕到的，到剛剛都還是活著的呢！」

晚上的料理是藤原特別請廚師團隊來別墅料理的，這些廚師的手藝都是五星級飯店等級，外面稍微調查一下就會知道要請這個廚師團隊上門料理，不是一般家庭能負擔的價格。

「大小姐，請問紅酒要品嘗十五年的，還是二十年的？」一旁留著翹鬍子，外表看起來很優雅，穿著燕尾服的白髮男子問著藤原。

藤原看了白髮男子一眼，笑笑的說著：「我這幾個朋友應該不太懂品酒，給我們普通的紅酒就可以了。」

「是的，那我馬上去準備十年的紅酒過來。」男子畢恭畢敬的離開了餐桌。

佐香望著滿桌豐富的菜色，除了烤牛排、豬肉等肉類料理外，還有著一堆不知道什麼名字的海產料理，令佐香三人有些訝異。

「趁熱吃吧！」藤原招呼著三人：「就像我剛剛說的，海鮮料理請先品嘗，特別是這個新鮮的龍蝦，妳們平常肯定都吃不到呢！」

「只是小龍蝦而已，根本不值得炫耀吧？」美登有點不以為然的輕輕甩了一下短髮後繼續說著：「我在專門學校的時候也曾經和朋友去伊豆吃過……」

「請不要把溫泉飯店或是普通市場的小龍蝦拿來和這個相比。」藤原不等美登說完，就很嚴肅的說著：「海產料理不只是看食材的新鮮度和價格，更重要的是品質和產地；水溫的不同與環境的不同會讓食材本身的狀況不一樣，這些龍蝦除了嚴選產地之外，更是廚師依照不同食材狀況特別料理的……」藤原像是上課一樣不停的解說著。

「大小姐，請讓我為您和您的朋友倒上紅酒。」剛剛的執事先生禮貌的說著。

藤原對著執事點點頭，對著大家說著：「那麼大家請用餐吧！請不用客氣，這頓料理在各位平常的時候是吃不到的唷！」藤原轉過頭看著早智子說著：「是吧？早智子，妳們家那麼窮，餐桌上應該連小龍蝦都很少出現吧？」

佐香愣了一下，偷看了早智子一眼，接著望向美登；會有這樣突兀的反應，也是因為四人從小一起長大，知道早智子家比起一般家庭來說，相對比較弱勢。

早智子會這麼拼命念書，就是因為來自於教育程度不高，且飽受他人瞧不起的單身母親家庭；今天藤原再怎麼想要炫耀，也不應該直接對著早智子說出這樣的話吧？

「是呀！就讓我今天好好的品嘗這些料理吧！」早智子微笑的回答完後，切下了一小片龍蝦放進嘴中：「這個龍蝦的肉真有彈性，真好吃呢！」

藤原像是沒事情一樣，拿起紅酒杯說著：「讓我們好好慶祝再次相遇，乾杯！」

似乎沒事情吧？佐香和美登鬆了一口氣，也趕緊拿起紅酒杯。

「乾杯——」四人一起舉起紅酒杯後，一飲而盡。

＊

「大小姐，您一個人真的沒問題嗎？」執事先生帶領著廚師團隊，問著藤原。

「沒問題的，就讓我們四個朋友好好的談心吧！」藤原笑笑的說著，指著門口的保全系統：「再說這裡有電腦保全系統，只要我按下緊急按鈕，就會有警察和保全直接衝到這邊來，您就明天早上再帶廚師團隊來幫我們料理早餐吧！」

「是的，那麼有什麼想要吃的料理嗎？」執事禮貌的問著。

藤原歪著頭想著：「我想想唷！可能要問其他人……」

「我想要吃法式吐司當作早餐，如果可以的話。」早智子在旁邊笑笑的說著。

藤原看向早智子微笑的點點頭，對著執事先生說：「那明天早上就決定吃法式吐司吧！早上六點半希望能夠吃到。」藤原說完後，牽起早智子的手：「早智子，我們去喝紅茶吧！我有請他們準備好吃的千層蛋糕，搭配紅茶當飯後甜點很適合呢！」

早智子點點頭，也微笑著和藤原一起到了一樓客廳。

執事先生和服務團隊離開後，四個人悠閒的在一樓客廳喝著紅茶；藤原看起來格外開心，和大家聊著以前的事情，以及四人在學校發生過的趣事，越聊就越覺得藤原的情緒越來越興奮。

佐香這時問美登：「美登，妳專門學校也畢業兩年了，最近工作還好嗎？」

「當然還是老樣子嘍！」美登聳聳肩說著：「雖然在料理專門學校學了很多料理的方法，但是實際上想要開一間屬於自己的日本料理店卻是很遙遠的事情啊！在日本料理店打工也快兩年了，卻沒存到錢！」美登嘆了一口氣，有點無奈的說著：「真希望有一天可以自己當老闆呢！」

「總有一天會實現的。」早智子笑笑的回答完，轉過頭望向佐香：「佐香妳呢？」

佐香微笑著說：「我不像早智子妳頭腦那麼好，可以靠獎學金和幫學校處理事務賺取薪水，我必須要繼續在之前的速食店打工，半工半讀吧！」

「也不能全靠獎學金呀！幫學校處理事務拿到的錢也不多呢！」早智子苦笑著說完後，帶著有些期許的表情說著：「只求研究所畢業後成為教師，就可以有一份好的工作了。」

「那有什麼意義嗎？」藤原用手整理了長髮，有些輕蔑的說著：「成為教師的薪水又不高，為什麼要讀得那麼辛苦？與其讀沒有用的研究所，早智子妳就來當我的助理吧！我正為了未來要繼承家業感到心煩呢！我可以把工作交給妳，薪水絕對比當教師的薪水還要好！」

聽到藤原這樣說，三人都愣住了！

「這樣說不對吧？」美登看著藤原提出抗議：「這個社會又不是只有錢而

已，妳為了薪水高低這樣否定早智子的夢想不太對吧？」

藤原看著美登，不以為然的說著：「這個社會是功利主義的社會吧？受人景仰的成功人士不也都是有錢人嗎？」

「不能這樣說呀！例如泰瑞莎修女、南丁格爾等偉大人物，也不是有錢人啊！」佐香也加入了話題，似乎真的不太認同藤原的論點。

「那是指正常人吧？」藤原似乎有些激動：「早智子家那麼窮！又怎麼能夠只領那一點薪水？不如不要浪費時間讀研究所，直接來我們藤原企業不就好了嗎？」藤原說完後，突然發現自己的音量有些大，似乎有些賭氣的撇過頭去。

「反正沒錢就是要自己知道變通嘛……」藤原小聲的咕噥著。

佐香和美登看了看早智子，發現早智子低著頭沒有反應。

「早智子，妳別介意喲……」佐香試著想要安慰早智子。

早智子卻沒有任何回應。

美登也趕緊走到早智子身邊：「早智子？妳沒事吧？」

突然房子內的電燈熄滅了！但是不到一秒鐘，電燈又都恢復了正常。

藤原的手機突然響起，藤原走到另一張桌子前，接起了手機。

「藤原大小姐，您沒事吧？剛剛保全系統通知說別墅那邊的系統似乎有些故障，工程師大概要明天才能到您那邊進行維修，要我們現在派人過去嗎？」

電話內是執事先生的聲音。

「不用了，明天準時準備好早餐就可以了。」藤原說完後掛上了電話。

早智子站起身，微笑的說著：「我沒有介意，只是疲累了一點而已。」早智子對著藤原笑著：「藤原，明天的法式吐司麻煩您了唷！我就先去休息了。」

「是嗎？這麼早就睡啦？」藤原似乎覺得有點失望，對著佐香和美登問著：「妳們呢？也想休息了嗎？」

佐香看了看美登，美登似乎表情上顯現出和藤原說話很無趣的表情。

佐香對藤原微笑道：「藤原，妳們這邊的後山是不是每年都會開一些漂亮的花朵呢？」

「花朵？是呀！後山確實有一些不錯的花，會在季節到的時候盛開；或許明天早點起來可以到後山去看看唷！」藤原點點頭，似乎下了決定：「那麼我們明天可以在早餐之後到後山去散散步，爬高一點風景也很美呢！」

四人各自回到了房間後，結束了茶會。

＊

夜深人靜，時間來到了十二點。

似乎有一種聽不到的頻率，影響到睡夢中的佐香；佐香睡醒後，發現自己口乾舌燥外，還帶了點焦躁不安的情緒。

每間房間都裝有空調，再加上客房內也都有設置電視機，坐起身的佐香想要將電視轉開，並將牆壁上的電燈開關打開。

電燈開關沒有反應。

佐香打開了手機，想要撥號給藤原，卻發現訊號格顯示沒有訊號。

「怎麼會這樣？剛剛晚上不是還好好的嗎？」佐香拿著手機，只穿著睡衣打開了房門想去找隔壁的藤原。

佐香一走出房門就看到有人拿著手電筒照著自己！突然的驚嚇讓佐香叫了一聲！

「呀！是誰！」佐香不自覺喊出聲。

「別這麼害怕嘛！」拿著手電筒的人說著。

佐香聽出是美登的聲音，瞬間鬆了一口氣：「美登？妳怎麼在這邊？妳不是睡三樓的客房嗎？」

美登有些不高興的說著：「是啊！我原本想要在十二點過後更新部落格，結果卻連不上網路，手機也沒有訊號，連電都斷掉了；所以就想來問問藤原，看看是不是有無線網路之類的可以使用，順便想聯絡人來修理電路吧！」

「記得好像喝茶的時候有提到明天早上會有人來維修？就算保安系統故障，應該連電路也不會一起故障吧？總覺得很奇怪呢！」

佐香也無奈地說著：「看樣子應該藤原也睡了？都這麼晚了呢！」

「先問問看藤原吧？」美登邊說，邊敲起藤原的房門：「藤原！還醒著嗎？沒有電了！」美登邊敲，邊大聲喊著。

裡面沒有回應。

「我進去了啊！」美登說完，打開了藤原的房門。

黑暗的房間，似乎有人站在窗戶邊。

「藤原？在的話幹嘛不回答？」美登拿著手電筒靠近藤原。

有一種很奇怪的感覺？那是種不安和恐懼的情緒，從背對著她的人傳到了佐香心中；直覺告訴佐香，眼前背對著自己和美登的人絕對不是藤原。

「等等……好像怪怪的。」佐香出聲阻止美登繼續靠近窗邊的女人。

確實是女人穿著黑色衣服的背影，長長的長髮也在手電筒的照明下顯得蓬亂，更有一種說不出來的奇怪電波像是從這女人身上散發出來一般。

「怎麼了？我只想叫藤原看看可不可以快點恢復無線網路……」美登邊說，邊將右手搭在女人的肩膀上：「藤原，快點想想辦法，我要更新部落格……」

「咕咕……」女人發出了怪聲，佐香聽到了聲音，更加確定眼前的女人不是藤原！美登卻完全沒有注意到，這讓佐香有些心慌。

「美登！我們快點離開……」佐香想拉住美登的手，卻反而有點惹惱了美登。

「嘖！變成大人就不敢對藤原用普通朋友的相處模式了嗎？」美登瞪了一眼佐香後，對著女人說著：「不要無視我好嗎？至少告訴我可不可以……」美登邊說邊粗魯的將女人硬轉過身面對著自己！

手電筒也在這時照在女人的臉上。

美登愣了一下：「呀——」尖叫的退了兩三步！

那不是一張人類的臉，嘴巴像是臉部裂開一樣直立在臉部的正中央，嘴裡左右兩邊像是長滿了尖銳的長長牙齒，嘴裡不斷散發出噁心的惡臭；臉部除了嘴巴外，還有兩個像是爆出眼眶的紅色眼睛，直盯著美登看！

「嘰呀——」怪物女人發出了尖銳的叫聲後，往美登撲了過來將美登壓倒在地上！手電筒滾落在地上，光線詭異的照著美登和怪物女人。

「嗚哇……」佐香在旁邊嚇得往後退，卻一時重心不穩往後跌坐在地上！只能眼睜睜的看著美登被怪物女人壓倒動彈不得，怪物女人不停嘗試著想咬美登，嘴巴一邊猛咬向美登一邊發出低吼！美登只能兩手猛捉著怪物女人的肩膀，用盡全力不讓怪物女人咬到自己！

「妳這個怪物！」美登的左手用力撐著怪物女人，右手抓起滾落在地上的手電筒：「給我滾開！」用力往女人的頭敲過去！

「嘰呀——」怪物女人被打到頭，往旁邊倒去，似乎那一下重擊對怪物女人有效果！

佐香這時候才回過神，趕緊起身到美登身邊：「美登！我們快離開這個房間！」

「嗯！」美登扶著佐香站起身，兩人快速的跑出了房間外，用力的關上門！

門重重的關起來，兩人還聽到了房間內怪物女人的叫聲，感覺起來似乎非常的憤怒。

「咚！」怪物女人像是用力撞了一下房門！

「嗚！這怪物遲早會撞破門的……」美登背對著房門，用力頂著房門不被打開。「快點打電話報警！不管這怪物是不是人類，至少先找人來處理掉吧！」

佐香打開手機，發現仍然沒有訊號！

「不行……沒有訊號……」佐香發抖著，似乎鎮定不下來。

「我的也沒有訊號。」美登說完後，撥打著緊急電話，卻怎麼樣都無法接通。

「咚——」房門在被怪物大力的撞擊後！美登發現門出現了裂痕！

再繼續這樣頂著房門，只會被怪物破門而出的！

「怎麼辦？」佐香邊發抖邊問著美登，思緒已經越來越混亂了。

「咚！」房門又被撞擊了一次！「嘰呀——」接著傳出了怪物憤怒的叫聲！

「我記得走出別墅後順著山路往山下走，有一間小型的便利商店。」美登想到了坐執事開的車走山路來別墅時，似乎在山路路口有看到小間的便利商店。

「走到山下，我記得快的話也要一小時車程吧？用走的就更久了……」佐香緊張地回答。

「不管那麼多了！難道要等著被怪物吃掉嗎？至少現在先去找早智子吧！」美登指著往三樓階梯的方向：「快點！佐香妳快點去三樓找早智子，我頂著房門不讓怪物出來！」

佐香點點頭：「我知道了！我這就去找早智子！」佐香走沒兩步，看到有人從三樓的階梯上走下來。

「早智子？」佐香對著走下來的人問著。

不是早智子，而是外貌長得像剛剛藤原房間內看到的怪物女人。

「哇！」佐香嚇得跑到了美登身邊：「那邊也有怪物！」

「嘰呀——」從樓梯上走下來的怪物對著兩人叫著！

「不只一隻嗎？」美登愣了一下，回頭看了一眼佐香，拉著佐香往樓下衝去！「快點！我們往一樓跑！房間內的怪物也快出來了！」

「碰！」一聲巨響！房間內的怪物衝了出來！

「早智子還在三樓！」佐香氣喘吁吁的說著。

「嘖！」美登拉著佐香跑到了一樓大廳後，左右看了看後，跑到了角落！

「美登？」佐香不太清楚美登跑走的原因，只能愣在原地發呆。

「嘰呀——」伴隨著怪物的尖叫聲，一隻怪物衝下來了！

佐香想要轉身逃跑，卻嚇得腿一軟跌坐在地上；怪物在這個時候，出現在一樓和二樓的轉角處，對著佐香衝過來！

「哇——」佐香嚇得哭出來！用雙手遮住臉……佐香腦海中閃出了許多四個人小時候一起玩的回憶，或許就要這樣結束生命了。

「別亂來——」佐香的旁邊響起了美登的叫聲，緊接著聽到了一聲撞擊聲響！

「碰——」巨大結實的敲擊聲讓佐香閉著眼睛不敢睜開！

大概過了幾秒鐘，佐香發現自己被溫柔的扶起來；原本還很懼怕的佐香，緩緩的睜開眼睛。

美登一手拿著鋁製球棒，一手拿著手電筒扶著佐香；佐香往旁邊看去，發現怪物倒在地上，一動也不動著。

佐香茫然地望著美登，似乎一時會意不過來。

美登笑笑的說著：「佐香妳忘了嗎？儲藏室內放著以前我們四人一起玩過的棒球裝備。」

佐香愣了一下，慢慢回想了起來。

小時候不擅長運動的早智子，卻被喜歡運動的美登強拉著玩棒球遊戲；為了準備棒球遊戲的裝備，藤原還購買了好幾隻鋁製球棒和棒球裝備，結果沒玩幾次就因為棒球敲到早智子的頭害早智子大哭而作罷。

原來藤原還留著這些球棒啊！感覺得出來藤原似乎真的很珍惜四個人的友情。

「咚、咚、咚……」樓梯上傳來了慌亂的腳步聲，以及令人不愉快的怪物低吼聲！

美登緊緊握著球棒說著：「我都忘記牠們不只一隻了！看來又要過來了！」

美登將手電筒交給佐香：「妳拿著手電筒！快點！」

佐香拿起手電筒照著樓梯口，手還微微抖著。

突然怪物的腳步聲和低吼聲都不見了，四周異常的安靜。

沉默了幾秒鐘，佐香嘆了一口氣：「走了嗎？看來怪物離開了……」

「嘰呀——」突然傳來怪物的吼叫聲！

佐香瞬間看到怪物朝自己的方向衝過來，並高高的跳起似乎想要撲倒佐香！

「哇！」佐香嚇了一跳無法回應，只能呆呆地站在原地！

「佐香蹲下！」美登大喊一聲！佐香抱著頭原地蹲下！

就在這一瞬間，美登像是棒球選手要打出全壘打一樣的氣勢，朝怪物的頭猛烈的揮棒！擊中怪物頭的瞬間發出強大的撞擊聲，怪物就像被擊飛一樣向旁邊倒下！

倒下的怪物和剛剛倒在旁邊的怪物就像是化為沙子一般漸漸消失，最後分解在空氣之中。

「嘿嘿！別忘記我可是女子壘球社的主將呢！」美登笑笑的對著佐香說著。

「嘰呀——」突然從美登左後方跳出另一個怪物，眼看就要咬到美登了！

「咻！」一隻箭矢從美登肩膀旁邊飛過，剛好正中妖怪的眉心！妖怪在半空中瞬間分解，箭矢也掉落在地。

「咦？」佐香和美登看向前方，手電筒也照出了一個熟悉的身影。

「別忘記了，我也是弓箭部的主將。」藤原微笑的說著。

黑暗中的藤原拿著弓箭，威風凜凜。

生靈（下）

美登和佐香看著突然出現的藤原，似乎都愣住了；過了幾秒，佐香高興地說著：「藤原！好險妳沒事！太好了！」

美登笑笑的說著：「藤原！妳這傢伙沒有被吃掉啊！我還以為妳被吃得連骨頭都不剩了呢！」一邊說邊往藤原的方向走去。

「哼！真是失禮。電力消失前我就注意到似乎不太對勁，在電力消失後我就趕緊離開房間去放弓箭的倉庫拿了弓箭過來。」藤原用手整理了一下長髮，問著佐香：「佐香妳沒事吧？有看到早智子嗎？」

「我沒事。」佐香擔心的說著：「只是沒看到早智子，似乎還在三樓房間的樣子。」

這時四周又傳來了怪物的低吼聲，似乎四周圍的怪物變得更多了！

藤原看著佐香和美登：「緊急電話也不通，手機和網路都沒有訊號；必須要走到山下的便利商店去求救才可以。」藤原這時注意到後面傳來了怪物的聲音，轉過身拿著弓箭警戒著：「我來守住樓梯口這邊，妳們兩個去確認早智子的狀況，不能放著她不管！」

「嗯！」美登點點頭，對著佐香說著：「佐香我們快點，不要讓早智子受傷了！」

「好……」佐香因為緊張，顯得有些反應遲鈍，下一秒美登將手上的球棒握緊後，牽著佐香的手跑起來。

美登對著佐香說著：「妳手電筒要拿好，不要讓怪物靠近了！最好能在看的到的範圍內照出怪物的位置，不然我無法掌控這些怪物的動作。」

佐香點點頭，跟著美登走到了二樓，發現二樓樓梯口有一個怪物！

怪物才剛轉頭就被美登用球棒用力的擊中頭部！怪物被擊中後發出難聽的叫聲，化為粉塵消失了。

「莫名其妙出現又莫名其妙消失，整件事情到底是怎麼回事？」美登喃喃自語著：「算了，佐香，我們快點去找早智子吧！」美登和佐香再往上走，來到了三樓早智子的房門前，美登緩緩的將早智子房門打開。

佐香跟在美登後面，將手電筒照向房間內，兩人很怕怪物會出現在早智子房間內。

早智子倒在地上。

「早智子？妳沒事吧！」佐香緊張的跑到早智子身邊，蹲下去後發現早智子昏迷不醒：「早智子！快醒醒！」佐香叫了幾聲，早智子完全沒有反應。

佐香稍微看了一下，發現早智子還有呼吸，並沒有特別的外傷，佐香和美登也鬆了一口氣。

「嘰呀——」不遠的地方又傳來怪物的叫聲！

美登看了看左右後，緊張的對著佐香說：「佐香！趁著怪物來之前，妳把早智子背起來，我們快點離開去和藤原會合吧！」

佐香將昏迷不醒的早智子背起來後，和美登一起走到房間門口；樓梯間傳來了藤原的聲音：「美登！佐香！妳們找到早智子了嗎？」

「藤原！早智子沒事！」美登和佐香走到了藤原身邊：「只是早智子昏迷不醒，似乎失去意識了。」

藤原擔心的問著：「有受傷嗎？」邊問邊看著佐香背上的早智子。

「她應該沒有受傷，只是不曉得為什麼叫不醒來。」佐香回答著，將早智子再稍微背高一點；雖然早智子體重並不重，但是佐香又要拿著手電筒又要顧著早智子，也確實不輕鬆。

樓梯下方又傳來一陣怪物的騷動聲！

「怎麼辦？我們要找一個地方躲起來嗎……」佐香害怕發抖問著。

藤原皺著眉頭說著：「下面一樓聚集了一堆怪物，我想從後門離開房子，走另一條山路往山下走……」藤原還沒說完，就聽到三樓傳來窗戶破掉的聲音！緊接著兩隻怪物朝著她們衝了過來！

藤原拿起弓箭瞄準了一隻射了出去！一隻怪物被射中後化成了粉末，另一隻怪物被美登擊中後也消失了！

「我也贊成離開這間房子！」美登有些氣喘吁吁的說著：「這些怪物憑空出現又沒有理由的一直襲擊我們，如果一直和它們糾纏，藤原的箭射完不說，我也遲早會累得倒下的！」藤原這時候看向球棒，經過幾次的敲擊，球棒也出現了些許凹痕。

「走這邊吧！」藤原指向另一個房間：「那裡有直達一樓倉庫的小樓梯，我們可以從倉庫的後門走出去，可以沿著山路到山下。」佐香背著早智子和美登跟著藤原一起走。

四人從後門離開房子後，外面似乎沒有怪物的蹤影。

「真搞不懂，那些莫名其妙的東西怎麼出現的……」美登小聲抱怨著。

房子內傳來了怪物的騷動聲音！似乎被怪物們發現通往後門的道路！

「快點！往這邊走！」藤原邊說邊往山路走去。

現在能夠逃離這些怪物的方法，也只剩這一條山路了。

＊

「是花冠耶！」還是小孩子的藤原似乎很高興的說著：「是小佐香妳做的嗎？」

「是呀！」佐香微笑著點點頭，邊將花冠拿給藤原：「小藤原既聰明又是我們之中最大方的人，所以這個花冠送給妳唷！」

「送給我嗎？」藤原高興的說著，將花冠戴在頭上：「戴上這個花冠就是公主殿下了嗎？」從藤原高興的表情看來，似乎非常的滿意。

「是呀！是公主殿下唷！」佐香微笑著回答。

「當上公主殿下後要做什麼呢？」在旁邊研究花蕊的早智子問著。

「那還用說！當然是保護妳們大家！成為一個偉大的公主唷！」藤原的表情非常的自豪。

「保護我們可以，但是不要把我們的蛋糕都吃完唷！」美登指著桌上的小蛋糕，像是故意諷刺藤原吃了兩塊蛋糕。

「真是的！就算吃很多蛋糕又沒有關係！」藤原嘟著嘴的模樣讓其他三人都笑了起來。

＊

「太煩人了！」藤原射出了三支箭矢，兩隻怪物被射中後化成了粉末；另外一隻怪物閃過了箭矢，衝向了藤原！等在一旁的美登用力一揮！被擊中的怪物也化成的粉末！

「這樣下去……不行。」藤原邊喘著氣邊自言自語說著。

這條通往山下的山路藤原走過幾次，大約可在二至三小時左右走到山下；雖然往下走並不累，只要注意不要跌倒基本上不會太過吃力，但是藤原忽略了兩點：第一點是夜晚只靠著佐香手上拿的手電筒會導致視線大受影響，相對的體力就會消耗上許多；第二點是佐香背著早智子，藤原和美登又一直和怪物戰鬥，三人的體力已經快要消耗殆盡。

這樣下去，遲早會被怪物襲擊的。

「美登，妳還行嗎？」藤原問著美登。

「開玩笑！我還可以再解決一百隻都沒問題呢！」美登邊說邊看著手上的球棒：手上的球棒已經出現了很大的裂痕，就算下一次直接斷掉也不奇怪。

藤原摸了摸背著的箭桶，似乎也沒剩下太多箭矢了。

這時後方又傳來了怪物的吼叫聲！這一次的怪物似乎比起前幾次更多隻了！

「我有提議。」藤原對著美登說著：「我箭矢已經剩餘不多，等等我會故意將它們引誘到那邊。」藤原指著前方一塊大型岩石和樹木的地方：「美登妳先在那邊等著，等到怪物一到那邊就一次攻擊它們！」

「一網打盡嗎？」美登雖然疲累，但是還是笑著說：「給它們一次全壘打，真是個好主意！」

「當誘餌會不會太危險了？」佐香擔心的問著：「藤原不是擅長遠距離射箭嗎？這樣引誘它們妳自己危險程度也會增加的啊！」佐香邊說，眼淚邊在眼眶中打轉著。

「佐香妳別擔心，妳快點背著早智子到山下，過了這個大石頭到山下路程只剩下一半了。」藤原微笑的說著。

「可是……」佐香還想說什麼時，發現手電筒微微的閃了一下，看來手電筒的電池也撐不了多久了。

「躲到後面去吧！」美登轉過頭對著佐香微笑：「我不會失手的，一定會保護好藤原不被攻擊！妳就放心躲到石頭後面吧！」

佐香點點頭，背著早智子躲到了石頭後方，並將手電筒關上。

一瞬間周圍都暗了下來，過了幾秒鐘後，三人也適應了黑暗，慢慢在黑暗中能看見了。

「嘰呀——」怪物又傳來了令人害怕的聲音！

美登緊緊握著球棒，躲在石頭後方看著藤原；和躲在石頭後方的美登相比，藤原站的位置不但危險，而且使用弓箭的藤原更依賴著視力吧？

似乎怪物越來越接近了！

「一心一意、一箭一生。」藤原將弓拉開，準備將箭矢一支一支射向怪物！

藤原大喊一聲：「喝！」連續射出了好幾支箭矢！

怪物的吵雜聲和叫聲就在近處了！藤原射死了幾隻怪物後，轉身朝石頭這邊跑過來！身後緊跟著好幾隻動作迅速的怪物！

來了！美登握緊了球棒，佐香緊緊抱著早智子發抖著……

「吃我一棒！」美登算準時機，等藤原一跑過去就用盡全力對著怪物揮擊！

「啪！啪！啪！」好幾聲擊中的聲響！美登擊中了好幾隻怪物！被擊中的怪物也化為粉末消失在空氣之中，美登的球棒卻在這次重擊下斷成了好幾節！

「呱——」突然從旁邊又出現了一隻怪物撲向藤原！

「藤原！」佐香擔心的喊著！

藤原想從背上拿箭矢時，才發現沒有箭矢了，藤原閃過身想要避開怪物的攻擊卻還是被怪物的利爪劃傷了肩膀後跌倒在地！美登拿起手上斷掉的球棒部分，用力插向襲擊藤原的怪物頭上！

怪物邊叫邊跑向遠方後消失了。

「藤原！妳不要緊吧？」佐香和美登跑到了藤原身邊，佐香打開了手電筒，發現手電筒的光線也變得很微弱；在光線照射下，藤原的肩膀流出了大量鮮血，將藤原的衣服都染紅了！

「喂！妳這傢伙沒事吧！」美登既緊張又擔心的問著。

「不要說笑了，這點小傷才影響不到我呢……」藤原想起身，卻發現腳痛到無法用力，似乎剛剛跌倒時也傷到了腳祼，現在右邊肩膀、右手，以及左腳都無法動彈了。

「站不起身嗎？我背妳！」美登想要背起藤原，卻被藤原推開！

「仔細聽。」藤原冷靜的說著。

「嘰呀——」不遠的地方又傳來了怪物的叫聲！

藤原對著美登和佐香說著：「以那些怪物的速度很快就會追上我們，如果美登妳又背著我，誰來保護佐香和早智子？快點順著山路走下去，很快就會到達便利商店了，我來拖延那些怪物的時間……」

「傻瓜！」美登大聲罵著藤原：「我怎麼可以做出拋下朋友的行為呢！」

藤原不耐煩的說著：「少囉嗦！妳們快走！再拖延下去大家都會死的！」

藤原受傷的肩膀不斷流著血，這證明這些怪物真的要置她們於死地！

「藤原……」佐香邊發抖，邊流下了眼淚：「要走大家一起走，我不要妳被怪物殺死……」

「佐香，妳還是一樣那麼愛哭啊！」藤原微笑著說：「我拖延住那些怪物後，妳和美登要好好保護好早智子，至少這樣我可以保護到妳們，而不是拖累妳們。」藤原看向美登：「美登，佐香和早智子就麻煩妳了啊！」

「笨蛋！都什麼時候了還要什麼帥啊……」美登也忍不住哭了出來：「再怎麼討厭妳，妳還是我重要的朋友啊！」

怪物發出了叫聲！似乎已經到了附近了！

「嘖！已經來了嗎？」美登大喊著：「佐香！帶著早智子快走！」美登看著藤原，對著藤原說著：「讓我們一起把那群怪物打爛吧！」

「哼！多管閒事。」藤原邊笑，邊流下了眼淚。

佐香下意識的拿起手電筒照向怪物發出慘叫聲的方向，發現這次的怪物竟然有十幾隻那麼多！怪物發出難聽的叫聲衝向三人！

「我不許妳們對我的朋友下手！」藤原大聲喊著！

「吃我的拳頭吧！」美登也大聲吼著，和藤原一起衝向怪物！

「不要——」佐香大喊著！慘叫聲劃破了夜空……

＊

不知道過了多久，陽光照射在佐香的臉上，佐香微微睜開了眼睛，迷迷糊糊的佐香坐起身，發現自己倒在山路的大石頭旁，早晨的陽光有些刺眼。

「咦？」佐香發現自己身上一點傷都沒有，看向了倒在自己旁邊的美登：「美登！美登！妳沒事吧？」

「嗚！感覺肌肉都好痠痛……」美登掙扎的張開眼睛，佐香發現美登沒事，鬆了一口氣。

「那些怪物呢？都不見了？」美登邊說，邊往旁邊看去，發現早智子坐在倒在地上的藤原身邊。

「早智子！藤原沒事吧！」美登和佐香趕到了早智子旁邊。

「嗚嗚嗚……」早智子在啜泣著：「妳明明就是這麼的討人厭，為什麼還要救我們？這樣叫我怎麼面對妳……」早智子邊抬起頭，邊看向佐香和美登。

早智子的臉和怪物的臉一模一樣！

佐香和美登嚇得倒退幾步，但是只有那一瞬間而已，早智子一下子就恢復了原來的面孔。

錯覺嗎?佐香和美登互相看了一眼，並沒有多說什麼;之後美登背著只剩微弱呼吸的藤原慢慢的往山下走去，救護車將四人一起載往醫院。

藤原完全康復而且出院已是三個月後的事情，而這段時間早智子則是和她們斷了聯繫，不知道搬到了什麼地方去了。

＊

三個月後，藤原坐著執事的車子往山中別墅前去。

藤原看著夜晚的夜空，若有所思。

怪物怎麼消失的?早智子為何一瞬間出現怪物的臉?這些謎題都留在了三人的心中，似乎也無法知道答案了。

「早智子，我一定會將妳找出來。」藤原小聲地自言自語著:「妳是我重要的朋友，我要親口告訴妳，妳對我來說是多麼重要的人。」

夜晚的夜空慢慢的被烏雲蓋住，月色朦朧的夜晚，或許會有真相大白的一天。

生靈解說

生靈，是還活著的人靈魂出竅所造成的各種現象，和死亡的人成為的死靈是不同的。

人類的靈魂從古時候就傳聞著會靈魂出竅，各種文學或是資料都有記載；日本字典「廣辭苑」解釋：「生靈是活著的人因怨恨所產生的惡靈作祟」。但是實際上也並不是完全都是惡靈作祟的事件，在人臨死之際也會有生靈的現象產生，去看和自己親近的人的案例也是有的。

日本古典文學「源氏物語」（平安時代中期創作）中記載，源氏的愛人「六條御息所」的怨恨中產生出了生靈來加害源氏的妻子「葵」，讓「葵」死於詛咒中的故事；也因為這段故事太出名，日本能樂表演的「葵上」就是這個故事的翻版。

瀕臨死亡的人所出現的生靈在日本各地都有傳說。青森縣西津輕郡的傳說中，快死的人出現的魂魄會讓東西移動或是出現腳步聲，還會去拜訪想見的人；秋田縣仙北郡的傳說中指出，靈魂出竅的人可以像是做夢一樣看見各種景象；秋田縣的鹿角地方則指出，瀕臨死亡的生靈去拜訪認識的人，被稱為「面影」，還有著人類活著時候的腳，所以可以發出走路的聲音。

在柳田的著作「遠野物語拾遺」中記載，岩手縣遠野地方指出「從活著的人或是死者所凝聚的思念中誕生出來的幻影來看想見的人」，也被稱為思念的聚合體。

江戶時代則認為是一種「離魂病」、「影的病」等可怕的超自然現象，有許多經歷過靈魂出竅看著自己身體的人將自身的經驗說出來，似乎擁有這種經驗的人不在少數；和瀕臨死亡時的「靈魂出竅」這方面的經歷是很相像的。

百鬼夜行

魔化

餓鬼

餓鬼

「可惡！那些傢伙真的很不機靈！」肥胖的中年男子邊喘氣邊走在山路上。

中年男子是小金社長，是一間電子器材的中小企業老闆，為了錢唯利是圖、小氣又吝嗇的態度非常不受下屬和家人的歡迎，自私的個性讓自己周圍都沒什麼朋友。

這次公司決定員工旅遊，小金社長為了省錢，故意安排爬山健行，午餐每個人自己準備，晚餐下山後每個員工自己負責，這樣小金社長只要負責下屬的電車交通費就好。

附帶一提，帶家人來的人要自行負責多出的費用，嚮導什麼的也不需要，公司只負責電車交通費！也因為如此，小金社長迷路後越走感覺越荒涼，似乎也沒人發現小金社長迷路的樣子。

「啊啊！手機也打不通！」小金社長看著手機，發現在訊號外：「總之，看地圖往這個方向繼續走，會有山中小屋的樣子，到那邊再想辦法吧！」小金社長將地圖收到背包內，只靠著一張地圖繼續往山路前進。

「沙沙沙……」不遠處的樹上，似乎有什麼動靜。

「猴子嗎？我可不會給你們任何食物的喔！」小金社長認為只是猴子，完全不在意。

走了一段時間後，小金社長感覺到肚子有些飢餓，看了看時間似乎到中午了。

「雖然想到山中小屋再吃，不過還是算了吧！就找個地方吃東西吧！」小金社長找了路邊一個有石頭和樹蔭的地方，拿出了飯糰。

為了省交通費，小金社長也不讓家人跟，決定自己出來就好。

「要不是什麼公司制度，我連交通費都想省下來咧！」小金社長拿出一個飯糰開始吃著。

不遠處看起來有點像是猴子的動物，在樹後面看著小金社長。

「哼！這猴子長得真醜！」小金社長看了一眼猴子，繼續大口吃著飯糰。

「嚼……」小金社長大口大口吃著飯糰，反正也沒人在，小金社長吃相非常的難看，感覺起來也很骯髒；吃完三個三角飯糰後，小金社長拿起裝著便宜茶水的水壺大口灌著。

「咕嚕咕嚕……呼啊！」小金社長用袖口擦了擦嘴角，再度站起身。

猴子這時似乎在遠處現身，看著小金社長。

「嗯？別看著我！我一粒米也不會給你的！」小金社長將手上的四個大飯糰收回背包，對著猴子鄙視著說：「像你們這種沒什麼用處的動物，就乖乖抓地上的蟲吃就好了！休想我會給你任何東西！」小金社長邊說，邊拿起登山杖揮舞著：「去！去！沒用的東西！」

猴子似乎感覺到了什麼，快速跑開了。

那是種肚子大大的、眼睛紅紅的奇怪猴子，全身似乎也沒什麼毛。

到了下午，山路越走越荒涼，小金社長的體力也越來越差。

「不是到山中小屋只有這一段山路嗎？照理說應該兩小時左右就可以到了啊！」小金社長不耐煩的打開地圖看著：「唉？什麼東西？」

小金社長這時候突然發現，因為自己貪小便宜買了很便宜的地圖，這時候才發現地圖的位置是左右相反的！

「所以我剛剛走的路程，實際上是相反的嗎！」小金社長氣得發抖！拿起登山杖用力敲著地上：「啊！好可惡！竟敢拿這樣的地圖賣給我！騙我的錢絕對要你好看！」

現在搞清楚方向的小金社長，要走到目的地山中小屋恐怕要花五、六小時以上啊！

「真希望那群不機靈的傢伙快點發現我迷路了啊！」小金社長看著地圖，決定往回走，這時旁邊又出現了剛剛奇怪的猴子在看著小金社長。

「就說我一粒米也不會給你！討人厭的猴子！說一說也餓了，拿一個出來吃好了。」小金社長拿出了一個飯糰，大口大口的吃著：「嚼……」

猴子睜大著眼睛繼續看著小金社長。

到了黃昏，小金社長累得坐在路邊的大石頭上。

「手機還是沒有訊號！沒有人來找我嗎？」小金社長氣得發牢騷：「這些不機靈的傢伙，回去通通都要扣薪水！」小金社長拿起水壺，想要喝水時發現也沒有水了。

「可惡！可惡啊！好想要吃烤肉、喝啤酒啊！」小金社長坐在大石頭上大叫著！

不遠處的猴子還是瞪著小金社長。

＊

「乾杯！各位辛苦了！」部長拿著大杯啤酒杯，向其他員工乾杯後，露出了高興的笑容：「今天的啤酒錢部長我來付！請大家不用客氣盡量喝啊！」

「部長太感謝啦！」拿著酒杯的員工高興的說著：「比起那個社長，連交通費都要計較，下次和股東推薦你當副社長好啦！」

員工們高興的拿起烤肉，熱呼呼的配著冰啤酒大口吞下！

「是說小金社長怎麼後來都沒看到他？」旁邊的小組長突然問了一句。

「天知道！說不定早上想喝咖啡又怕要請我們，跑去哪間咖啡廳坐著吹冷氣了吧？也說不定還在山中，被熊吃掉啦！」

「那傢伙的肉一定很難吃，咬一咬熊就吐掉啦！」

員工們大聲的嘲笑著，在歡樂的氣氛中烤肉一盤又一盤的吃下肚。

＊

夜晚的山路非常的暗，小金社長僅靠著手機上的燈光慢慢的走在山路上。

「好餓，好餓啊！」小金社長自言自語說著：「想吃大塊的肉，配上冰涼的啤酒，大口吃下去一定很好吃！特別是五花肉那細膩的油脂，搭配上烤得恰到好處的肉片，放到嘴裡咬起來還會有油脂流出，想到就受不了呢！呵呵呵……」不知不覺留下唾液的小金社長，口水滴到了地上都沒有發現：「下次自己去吃到飽的店好了，一個人吃比較省錢，就以各種名義讓員工的加班費減少吧！嘿嘿嘿。」

小金社長完全沒有發現，因為昏暗的關係，小金社長早就走錯了山路，到了更加偏僻的山路上了。

「這是？」等到小金社長發現走錯路的時候，已經站在一個很高很深的懸崖邊。

「地圖，地圖有這個地方嗎？」小金社長拿出地圖，想用手機的光線來看，沒想到一陣風、地圖被吹走了！

「啊！我的地圖！」小金社長想要撿，地圖卻被風吹到了懸崖下：「嗚啊！這樣不能拿地圖去退費了！真糟糕啊！」

「呃……」小金社長的後面傳來了令人不舒服的聲音。

小金社長拿著手機往聲音方向照過去，發現是白天見到的猴子。

「你這猴子想要做什麼？我沒有東西給你吃了！」小金社長拿著登山杖警戒著。

說是猴子，卻完全不像猴子。猴子的身上是一種灰黑色的顏色，而且一根毛都沒有，除此之外肚子脹得大大的，其他四肢卻十分的細小，臉上也像是瘦到沒有肉的骷髏頭一般，只有紅色的眼球睜的大大瞪著小金社長。

小金社長仔細看，才發現猴子不只一隻！有好幾十隻猴子慢慢靠近小金社長！

「給我滾開！臭猴子！」小金社長揮舞著登山杖，想要像白天一樣嚇走猴子。

突然登山杖被最前面的猴子抓住！小金社長大聲罵著：「臭猴子！快點放開！」

「咕嚕咕嚕！我不是猴子……」猴子發出了難聽的聲音，散發出難聞的腐臭味。

「哇！猴子會說話！」小金社長嚇得放開登山杖往後跳！這時才發現自己就站在懸崖邊：「別過來！別過來！給我滾！」突然小金社長按到了手機的拍

照按鍵，發出了「啪擦」的拍照聲，同時猴子們就像是驚嚇到了一樣停止前進。

小金社長愣了一下，又按了一次拍照按鍵。

「啪擦」的聲音，同時還有閃光燈，讓猴子們不約而同的退後一步。

「咦？你們這些臭猴子會怕這個？哇哈哈！」小金社長邊拍照邊靠近猴子們。

原先後退的猴子突然停下了動作，群體向小金社長跳過來！

「咦？咦？咦？」小金社長持續的按著手機拍照按紐，卻還是被這群猴子撲到了身上！小金社長被猴子們撕咬著，痛得邊掙扎邊後退！

「哇啊！噫痛痛哭累啃——」小金社長發出了口齒不清的慘叫聲，跌進了深淵般的懸崖。

「噗嘰！」摔成了肉泥的小金社長，屍體仍被這群猴子們啃食著。

「嚼……呸！」因為難吃，被嚼爛的肉泥被吐在了一旁，這群猴子也漸漸得散去，留下了爛成一團的小金社長屍體，血和油在地上像是小河一般……

餓鬼解說

餓鬼附身是日本各地謠傳的惡靈附身；被餓鬼附身的的人類會感到強烈的空腹感而不停進食。

餓鬼附身的傳說主要是在山中步道走路時，被附身後因為強烈的飢餓感而沒辦法走下去，最後倒在路上死亡；想要破除餓鬼附身必須要進食才能破除詛咒，所以和歌山縣北部認為就算帶一粒米在身上也可以保佑不被餓鬼附身，就算真有萬一時，在手心寫下「米」字作吞下去的動作也是可行的；新瀉縣則認為被餓鬼附身的人不要馬上給食物比較好，取而代之的是給予簡單的粥或是湯等簡單的食物才能保護被附身的人；和歌山北部則是認為在山中吃飯時，在旁邊放一口食物就不會不餓鬼附身。

餓鬼本來的說法也是來自於佛教的六道輪迴中的餓鬼道，餓鬼的出現也是「因果循環」中因為過分的「貪念」而導致墮入餓鬼道；但是民間的說法卻比較偏向於餓死者的怨靈造成餓鬼附身的可怕詛咒。

研究者認為，在山中有時會有毒沼氣或是因為劇烈血糖降低，植物腐敗所產生後造成的二氧化碳中毒，甚至是因為長時間未進食身體出現低血糖等症狀，被民間過分渲染才成為所謂的餓鬼附身。

百鬼夜行

魔化

貓又

貓又

「喵嗚——」剛從補習班下課的亞美一直聽到貓在哭泣的聲音，在好奇心驅使之下，慢慢朝聲音接近，因此哭泣聲也越來越明顯。

「喵嗚——喵嗚——」

在昏暗的巷子裡頭，看到了一個大型的垃圾桶，貓的哭泣聲似乎就是從裡面傳出來的。

「難道是貓被困在垃圾桶裡面？」亞美伸手把垃圾桶上的栓子拉開，正要把垃圾桶的蓋子掀開的時候。

「碰！」垃圾桶裡傳來猛烈的撞擊聲，蓋子也因為撞擊的力道，微微的開了一點點的縫隙。

「哇！」突然發出的聲響讓亞美嚇了一跳，後退了好幾步。

「貓咪你別怕，我很快就把你救出來。」亞美喘了口氣，繼續走向前打算把垃圾桶的蓋子掀開，這時背後突然傳來急促的喘息聲。

亞美還沒來得及回頭，突然有人一把抓住她的肩膀，讓亞美嚇得站在原地不敢亂動。

亞美嚥了一口口水，聲音顫抖的說著：「是……是誰？」亞美想不透昏暗的巷子裡頭，會是誰突如其來的站在她身後抓著她的肩膀。

一個沉穩熟悉的聲音說著：「亞美，怎麼那麼晚了，一個人跑到那麼昏暗的巷子裡？」

「咦！這聲音是？」亞美回頭一看，原來是鄰居張爺爺。

亞美喘了口氣，嘟著嘴說著：「唉唷！張爺爺你嚇到我了啦！為什麼不一開始就先出點聲音！」

「碰！」在亞美抱怨的同時，垃圾桶裡又傳來了猛烈的撞擊聲，亞美這才想起被困在裡頭的貓，轉過身去伸手要將蓋子打開的時候。

「碰！」又是一個猛烈的撞擊聲，撞擊的力道大到垃圾桶的蓋子整個掀了起來。

一個黑影瞬間從垃圾桶裡跳了出來。只見黑暗中有雙黃橙橙的眼睛一直盯著他們看，還不停的叫著。「嘶——嘶——」一轉眼便消失在暗巷裡頭。

亞美跟張爺爺被這突如其來的樣子嚇到。

「呼！」黑影消失之後，張爺爺喘了一口氣，試圖讓緊繃的情緒可以放鬆。拉起亞美說著：「我們快點離開吧！以後別跑到這種昏暗的巷子裡了……」

亞美看了一下手錶，驚訝的說著：「糟糕！已經那麼晚了，回去一定又要被媽媽唸了。」

亞美想到一回到家，免不了又要被唸一頓，無奈的嘟著嘴。張爺爺看亞美這樣，搖了搖頭。

「妳媽媽獨自一個人，又要工作又要照顧妳很辛苦的！妳可要乖乖聽加奈子的話，別讓她操心呀！」

亞美看著張爺爺默默地點點頭，她心裡知道媽媽的辛苦、只是……

張爺爺輕輕的拍拍亞美的肩膀，微笑的說著：「走吧！我們趕緊回去，加奈子回到家要是沒看到妳，肯定會很著急的……」

「再見！張爺爺，謝謝你送我回來。」亞美揮著手等張爺爺離開之後，亞美才開門走進屋子裡。

「我回來了！」果然一進門書包還沒來得及放下，亞美就看到媽媽氣沖沖的盯著自己看。

加奈子壓抑著怒氣問著：「亞美！那麼晚了，妳跑哪去了？」

「我……我只是一直聽到貓在哭泣的聲音，好奇去看了一下……」亞美一邊說一邊把沉重的書包拿下來放在椅子上。

「亞美！妳可不可以在要做什麼之前，先跟我說一聲，別讓我在家窮擔心好嗎？」工作上的壓力與勞累，讓加奈子連繼續指責亞美的力氣都沒了。

「唉……」加奈子嘆了口氣，搖了搖頭，一臉疲憊的從椅子上站了起來，伸了個懶腰，便往房裡走了進去。

關上房門之前加奈子說著：「我明天一早還要趕去跟客戶開會，妳洗完澡之後也趕緊去睡覺吧！」

到底那個貓的哭泣聲是什麼呢？亞美總覺得無法忘懷；翻來覆去中，亞美也沉沉的睡去。

太陽光從窗戶照進來。

「鈴、鈴、鈴……」一大早亞美的鬧鐘才剛響起，便聽到房間外頭傳來吵雜聲。亞美才走出房間，加奈子就對亞美說：「媽媽要趕著去搭機！早餐給妳準備好了放在桌上，要記得吃喔！」

加奈子嘴裡咬著一片吐司，急忙的拖著行李，便慌慌張張的出門了。

亞美梳洗完後，無奈的坐在餐桌上，準備倒牛奶喝，杯子下壓了一張字條上面寫著。

「亞美，冰箱裡媽媽有準備食物，餓了就自己熱來吃，記得不要亂跑喔！抽屜裡給妳放了生活費……喜歡吃什麼就買來吃……」

亞美默默的看著字條，看著空蕩蕩的家，嘆了口氣。「唉……看來這陣子，我又要自己一個人了……」

加奈子在外商公司上班，時常要出差在各個國家，連續一兩個星期不在家，是常有的事情。

「唉……」亞美無奈的嘆了口氣，她知道媽媽這麼辛苦都是為了自己，只是……她更希望的是媽媽可以多抽空陪陪她。

心情沮喪的亞美才將吐司放進烤箱，還沒等到吐司烤好。門外卻傳來貓咪淒厲的慘叫聲。「喵！喵嗚——」

亞美急忙的開門走了出去，看到不遠前的圍牆邊，有一群孩子有的手拿棍棒，有的手拿石頭，一直不斷的朝紙箱內打。

「喵嗚——嗚——」貓淒慘的叫聲不停的傳到亞美的耳裡，讓亞美心裡好不捨，趕緊衝向前去阻止。

「你們在幹什麼！快住手！」亞美憤怒地大吼著。一名看似帶頭的男孩拿著木棍，朝著亞美走了過來。

「怯！玩得正過癮，妳打擾什麼呀！」說完身材壯碩的男孩便高舉起木棍，作勢要攻擊亞美。

「不，不要！」亞美害怕的閉上雙眼，舉起雙手掩著頭試圖保護自己。「住手！你們在幹什麼？」張爺爺大聲斥喝著，一群小孩看到張爺爺便馬上跑掉。

張爺爺著急的走到亞美身旁，看著亞美說：「妳沒受傷吧？」

心有餘悸的亞美，放下顫抖的雙手，張開眼睛說著：「張爺爺謝謝你，我沒有事……」

「唉……沒事就好！這些孩子真的是行徑越來越誇張，現在的父母是怎麼教導孩子的！」張爺爺憤恨不平的抱怨著。

亞美完全沒理會張爺爺的抱怨，急忙的跑到箱子旁邊。

「嗚……怎麼會……」亞美眼眶泛紅，流出不捨的淚水，難以置信的看著箱子裡的一切。

箱子裡面有幾隻幼貓跟一隻母貓，看得出來母貓為了保護小貓，用身體抵擋著剛才那些孩子的攻擊，卻受到重傷奄奄一息的倒在箱子的一側。

一旁的幼貓雖然在母貓極力的保護下，也難逃那無情的攻擊，全身是傷，動也不動的倒臥在血泊之中。

亞美心理好不捨，淚流滿面的說著：「怎麼會那麼殘忍，忍心傷害這些可憐的貓咪……」

跟在後頭走過來查看的張爺爺，看到這個樣子，也替這些貓咪的死感到遺憾與不捨。「亞美走吧！我們把這些可憐的貓，帶去埋葬吧！」

「嗯！」亞美難過的抱起箱子。

「喵嗚——」一個虛弱的貓叫聲從箱子裡傳來，仔細一看，母貓正緩緩得睜開眼睛。

亞美臉上露出了一絲笑容，開心的說著：「張爺爺！母貓還活著！」亞美趕緊把箱子放下來，試圖將母貓抱起來。

「喵！」母貓怒吼一聲，冷不防的抓了亞美一把。

「啊！好痛！」亞美痛得縮起手來，仔細一看，手臂上有幾道長長的抓痕，慢慢的滲出鮮血來。

「亞美，還好嗎？要不要先去擦藥！」張爺爺著急的拿出手帕，摀住亞美手臂上的傷口。

亞美忍著痛說著：「張爺爺，我不要緊的！一定是因為剛才那些孩子的關係，母貓心裡還有恐懼才會這樣的……」

「喵嗚——」箱子內的母貓，用盡全身的力氣，努力的想要站起來，卻站不起來。

母貓無助的倒在箱子的一旁，一臉哀怨的看著自己死去的孩子，悲傷的低嗚著。「喵嗚——喵嗚——」

亞美似乎看到母貓流下了淚水，揉了揉眼睛想確認自己是不是看錯了。動也不動血肉模糊的小貓屍體，似乎讓母貓的心情無法平息。

張爺爺催促著：「走吧！我們趕緊把小貓們帶去埋葬吧！」

在離住宅區不遠的山坡上，他們找了一塊比較平坦的空地，打算把貓咪埋葬在這裡。

除掉野草稍做整理之後，張爺爺拿出剛剛經過商店街買的鐵鏟，奮力的挖了一個坑洞，把特別為小貓們買來的木箱放進洞裡，鋪上白布。

亞美拿出手帕細心的把小貓身上的血擦試過，捧著一隻隻幼貓的遺體，交給張爺爺放進木箱子裡。

因為張爺爺跟亞美的用心，木箱裡的小貓們，各個看起來像是熟睡一般，沉沉的睡著。

「喵嗚——」原本因為恐懼，還在抗拒的母貓，或許是感受到張爺爺和亞美對待自己孩子的用心，也不再反抗了，連叫聲都溫柔了許多。

「南無阿彌陀佛……」張爺爺雙手合十，嘴裡唸唸有詞，沒一會兒，便把木箱蓋上蓋子，用鐵鏟把土覆蓋上去，張爺爺還特地為小貓們立了個墓碑。

「呼嚕呼嚕……」母貓在小貓們都安葬好之後，發出了奇特的聲音，便再度昏了過去。亞美一臉驚訝的看著母貓。

張爺爺則笑著拍拍亞美的背說著：「不用感到害怕！這聲音通常是貓感到開心，或是滿足時才會發出來的聲音，或許母貓只是在表達她安心了而已……」

在張爺爺的陪同下，亞美帶著母貓到獸醫院看醫生，所幸在張爺爺的幫助，和細心的照顧之下，母貓的傷口恢復得很好，如今全身毛髮黑得發亮，眼睛炯炯有神的，蛻變成一隻體態優雅且漂亮的黑貓。

有空閒的時候，他們也會特地買一些貓罐頭當作祭品，到山坡上去祭祀冤死的小貓們。

亞美也幫母貓取了名字叫做未來，期許母貓能擁有幸福美好的未來。

「亞美我……」這天祭祀完小貓們，下山回家了路上，張爺爺似乎有什麼話想說，卻支支吾吾說不出口。

亞美忍不住好奇問道：「張爺爺你怎麼了呀？」

張爺爺深深的吸了一口氣，緩緩的說著：「我的兒子媳婦說要接我去跟他們一起住，以後可以陪妳的機會可能不多了。」

亞美聽到張爺爺那麼說心裡震了一下，現在連時常陪伴自己的張爺爺都要離開了，亞美的內心有著滿滿的失落感。

亞美強忍內心的不捨，努力擠出滿臉的笑容說著：「張爺爺可以跟家人團聚，是好事情呀！我沒事的，不用擔心我……」

知道亞美故作堅強的張爺爺，輕輕地拍著亞美的肩膀。「謝謝妳的體貼，只是貓我沒辦法帶過去飼養，亞美可以收養未來嗎？加奈子會允許嗎？」

亞美抱著未來，輕輕的撫摸著。「張爺爺你放心，未來就交給我吧！我會好好照顧牠的！」

在張爺爺搬家的那天，亞美哭得好難過，張爺爺把未來交給亞美時。突然面色凝重的說著：「如果可以的話……看可不可以帶未來去獸醫師那裏，把未來的尾巴給剪掉吧！」

未來不明白張爺爺為何會這樣說，想問清楚時，卻被張爺爺的兒子打斷了對話。「爸爸！再不走我們會趕不上晚上的聚會的！」

張爺爺坐上車臨走前還不忘搖下車窗，皺著眉頭交代亞美：「一定要按我的話去做知道嗎？盡快帶未來去把尾巴剪掉！」

亞美感到寂寞的抱著未來，卻對張爺爺所說的話不以為意。

貓咪又不需要特別把尾巴剪掉，剪掉也太可憐了不是嗎？

深夜十一點多，剛出差回來的加奈子，拖著沉重的行李回到家中，疲憊的癱坐在椅子上。

「媽媽，妳回來啦！」一個多星期沒看到加奈子，亞美笑得好開心，迫不及待的想介紹未來給媽媽看。

「亞美！怎麼那麼晚了還沒睡？」加奈子話才剛說完，便看到一隻黑貓從亞美的房裡走了出來，跳到椅子上。

「喵嗚——」

原本攤在椅子上的加奈子瞬間坐了起來，驚訝的看著坐在椅子上愜意的整理著毛髮的黑貓。

「這是什麼狀況？我們家怎麼會有貓？亞美……」加奈子不敢置信的看著眼前的黑貓，黑貓抬起頭來用著圓潤的無辜雙眼，一臉哀憐的眼神看著自己。

「媽媽……牠是未來！妳出差那天我跟張爺爺一起救回來的貓，我們可以養牠嗎？」

未來的樣子，讓加奈子回憶起，她曾經養過的貓，一隻從加奈子有印象以來就陪伴在自己身邊，加奈子非常疼愛的貓。

加奈子突然站起身來，打開抽屜不停的找著，終於加奈子臉上露出了笑容。

「找到了！太好了！」亞美湊近一看，驚訝的看著媽媽和未來，像是在確認什麼一般。

亞美感到不可思議的說著：「這照片上的貓長得跟未來好像呀！簡直一模一樣！」

加奈子坐回沙發上看著亞美：「妳也這麼覺得嗎？這是媽媽以前養的貓叫橘子，可惜的是一次外出之後，卻沒有再回來過了……」

「喵嗚——」未來彷彿感受到加奈子內心的遺憾與不捨，走到加奈子身邊磨蹭著，這似曾相識熟悉的感覺，讓加奈子忍不住抱著未來痛哭。

「媽媽……妳還好嗎？」亞美著急的看著媽媽，她從來沒見過媽媽哭得如此傷心。

加奈子紅著眼眶，哽咽的說著：「亞美我們一起好好照顧未來吧！」

住在加奈子家中的未來，跟一般的貓一樣，大多時間都是慵懶的睡著。

「未來，妳看我們幫妳買了妳最愛吃的小魚乾唷！」加奈子和亞美一邊餵未來吃魚乾一邊跟未來玩。

家門外面傳來小孩子在玩耍的聲音。

「喵嗚——」未來走向窗戶旁輕輕的一跳，跳在窗台上盯著窗外看，一副若有所思的模樣。

「未來妳怎麼啦？外面有什麼好看的嗎？」亞美好奇的跟著未來走到窗邊看著。

然而亞美不經意的瞄到未來，卻被未來眼神嚇到。直盯的外頭那群孩子看的未來，身上散發著一股不尋常的氣息，眼神裡充滿著憎恨。

「未、未來……」亞美驚訝到說不出話來，亞美仔細看了一下窗外的那些孩子們，似乎明白了未來的眼神為什麼會充滿著憎恨。

「亞美妳怎麼啦？」加奈子好奇的走了過來。

「媽媽，那群孩子就是……」亞美話還沒說完，身旁的未來默默地跳下窗台走向加奈子。

「喵嗚——」未來若無其事地在加奈子的腳邊磨蹭著。

加奈子開心的抱起未來：「妳總是那麼喜歡撒嬌呀！我好喜歡妳唷！」

亞美愣在原地看著未來，無法忘記剛剛從未來的眼神中，流露出那令人感到畏懼的神情。

加奈子看到亞美異常的樣子，好奇的問：「亞美，妳怎麼了嗎？」

「沒、沒有……」亞美搖了搖頭，沒有把剛才的事情出口。

自從那天之後，接連好幾天，未來總是站在窗邊看著窗外的一切，尤其是窗外有孩子在玩耍的時候。

「吱——」未來甚至會用抓子抓著玻璃，發出那令人渾身不舒服，尖銳刺耳的聲音。

「未來別總是看著窗外嘛！我們一起玩好不好？」亞美拿著逗貓棒想跟未來玩，未來應付性的玩了兩下，便逕自的走到門旁徘徊著。

「叮咚、叮咚！」門鈴聲突然響起。「亞美妳在家嗎？」門外傳來張爺爺的聲音。

「未來，是張爺爺耶！」亞美開心的打開門，便看到張爺爺提著大包小包的禮物。

「張爺爺快點進來坐坐……」亞美接過張爺爺手上的禮物，一個沒注意，未來一溜煙的便往外頭跑去。

「未來！未來……」亞美追出去時，已經看不見未來的蹤影了。「張爺爺怎麼辦？」未來跑走了，亞美慌張到眼淚都快流下來了。

張爺爺安慰著亞美說著：「別著急，我們先到處找看看好嗎？」他們沿著路一直找著，始終沒有看到未來的蹤影。

張爺爺面色凝重的說著：「亞美，妳有沒有發現未來哪裡不尋常？我懷疑未來已經變成貓又……」張爺爺話還沒來得及說完，突然傳來慘烈的哀嚎聲。

「啊！我的耳朵，我的耳朵……」一名男孩摀著耳朵，滿臉是血害怕的逃跑著。

亞美驚訝得說著：「那個男孩不是當初……」男孩跑到她們面前害怕得說著：「救……救命呀！拜託幫我叫救護車……」男孩的耳朵彷彿被利刃切掉，鮮血不停的從指縫滲了出來。

張爺爺著急的問著：「到底發生什麼事情了？」

「我……我不知道！就在剛剛有個巨大的黑影，瞬間從我身旁竄了過去，我的耳朵就……嗚！好痛……」

等待救護車的時候，突然吹起一陣奇怪的冷風，一隻體型巨大的黑貓突然出現在他們面前。

「喵——」巨大的黑貓不時發出低沉的喵叫聲，不停的徘徊在他們身邊，盯著他們看，還不時擺動著不停交錯的那兩條尾巴。

「貓、貓又！」張爺爺驚訝的說著，張開雙手試圖保護亞美他們，想阻止眼前巨大的黑貓傷害他們。

張爺爺著急的說著：「快！你們快逃……」

貓又突然一個箭步上前，阻擋了亞美跟男孩的去路。「不要呀！救命……」他們害怕的哭喊著。

貓又一邊發出低沉的聲音，一邊朝著他們一步步的逼近，張開血盆大口，咬住了男孩。「喀喀……」貓又的嘴裡傳來骨頭碎裂的聲音，緊接著從貓又口中噴出了大量鮮血！混合著肉塊和骨頭碎片，刺鼻的腥味讓畫面看來十分的殘酷！

原先還在掙扎的男孩，身體抽搐了幾下便不再動彈，四肢隨著貓又的移動而隨意晃動著。

「啊——」亞美害怕的尖叫著，只見貓又咬著男孩的屍體回頭看了他們一眼，便以極快的速度離開，消失在他們的眼前。

隨著救護車跟警車的到來，在警局作筆錄的他們，在沒有證據的狀況下，警方將男孩以失蹤結案，更別說什麼貓又了。對警察而言……貓又只是他們因為恐懼幻想出來的笑話罷了。

心有餘悸，害怕得全身顫抖的亞美，在張爺爺的攙扶下回到了家中。才走進家門，亞美便擔心的問著：「未來會不會發生什麼危險？」

「喵——」熟悉的貓叫聲傳來，張爺爺跟亞美不約而同的看著對方。亞美興奮的問著：「未來！是妳嗎？」

剛剛跑出去讓亞美跟張爺爺遍尋不著的未來，愜意的從亞美的房裡走了出來，跳上窗台，優雅的整理著自己的毛髮，彷彿一直在家裡沒出去過一般。

「喵——」

「這是……」張爺爺皺著眉頭，一臉狐疑的看著未來。

「未來妳回來啦！」亞美開心的走向窗台抱起未來。「亞美，不！不要……」張爺爺才開口，試圖阻止亞美的時候，未來的眼裡瞬間閃過一絲詭異光芒。

突然之間時間像是靜止一般，張爺爺全身完全動彈不得，只見原本在亞美懷裡的未來，輕盈的跳了下來，一瞬間便來到張爺爺的身旁。

張爺爺想開口卻無法開口，更因為緊張，全身不停的冒著冷汗，只能眼睜睜的看著未來。

「喵——」未來突然站了起來，雙眼直視著張爺爺，像人一般的行走，朝著張爺爺一步步逼近。

未來突然開口說起話來。「喵——看在當初，你們幫我埋葬死去孩子的恩情，我是不會傷害你們的，不過……」

未來一邊說一邊跳到張爺爺肩膀上，伸出銳利的爪子，在張爺爺臉上輕輕劃著，隨著利爪劃過的地方，鮮血隨即從傷口慢慢的滲了出來。

「這只是輕微的警告而已，只要你別破壞我的好事，我保證不會傷害你跟亞美一家。」未來說完話之後，便轉身跳回亞美的懷裡。

瞬間時間恢復了正常，亞美抱著未來看著張爺爺問著：「張爺爺，你剛說什麼不要呀？」

張爺爺還沒開口，就看到未來眼神直盯著自己看。感到恐懼的張爺爺，渾身顫抖，害怕的說著：「沒、沒事！時間不早了我先回去了……」

亞美一臉疑惑的看著張爺爺：「你臉上的傷是怎麼？你不等加奈子回來一起吃完晚餐再走嗎？」

「碰！」沒等到亞美說完話，張爺爺慌慌張張的關上門離開。亞美感到不解的看著未來問著：「張爺爺是怎麼了呀？」

「喵——」未來跳下亞美懷裡，伸了個懶腰，便逕自的鑽到窩裡頭睡覺了。

自從那天未來不見之後，接下來的日子裡，未來總是會突然失蹤，又安然無恙的回到家裡。

一開始總會很擔憂的亞美跟加奈子，幾次之後，知道未來每次出去之後，都會自己回家。單純的認為未來只是出去散散步透氣而已，便沒再多想；還特地請人在門上安裝一個貓門，讓未來進出可以更加的方便。

「喵嗚——」未來不停的晃動著長長的尾巴，在亞美的身邊打轉著。

「未來妳回來啦！肚子餓不餓？」亞美開心的看著未來說著：「今天妳的心情似乎特別的好呢？」

「呼嚕呼嚕……」未來一邊跟亞美撒嬌著，一邊發出奇特的聲音。

突然門外傳來急促的開門聲，加奈子一走進來便急急忙忙的關上門窗。亞美不解地問著：「媽媽妳怎麼了?發生什麼事情了嗎?」

加奈子喘了口氣坐在椅子上說著：「亞美這陣子放學之後，沒事就早點回來別在外頭逗留知道嗎?」

看著加奈子如此慌張，亞美緩緩的說著：「媽媽妳也聽說了嗎?」

加奈子瞪大眼睛看著亞美說道：「最近社區裡好幾家的孩子，都說看到了一個奇怪的黑影，之後就會有小孩子莫名失蹤……」

「重點是!警方到現在都調查不出失蹤的原因……」當加奈子跟亞美，正經的談論著奇怪黑影的時候，完全沒有發現未來的瞳孔裡，投射出詭譎的藍色光芒。

半夜感到口渴的亞美起床喝水，才走出房門口就聽見了奇怪的聲音。

「喀喀、喀喀……」聲音似乎是從家門口傳來的，好奇的亞美走到窗前查看，卻被眼前的景像嚇到!

「貓、貓又!」亞美不敢置信的看著眼前巨大的妖怪，居然蹲坐在她們家門口，啃食著不知名的物體。

亞美害怕的發抖著，一個不小心踢到了椅子，發出了聲響。

貓又似乎發現了亞美的存在，轉過頭看著亞美。

亞美看著貓又不禁尖叫了一聲，貓又的嘴裡叼著血淋淋的人腿，朝著亞美的方向一步步的走了過來；不停往後退縮的亞美心想：「難道這就是這陣子傳聞說會吃人的貓又！所有失蹤的孩子，都是因為貓又的關係？！」

朝著亞美逼近的貓又眼裡，發出讓人畏懼的藍色光芒，在黑暗之中更讓人感到全身發毛，尤其是貓又那不尋常的兩根尾巴，不時的隨意擺動著。

躲在屋內的亞美，害怕的不知道該如何是好，誰知道貓又一個跳躍便穿過窗戶，站在亞美的面前，亞美可以清楚的感覺到貓又喘息時的鼻息，一股腥臭味傳到亞美的鼻腔裡面，讓亞美忍不住作嘔。

「不、不要！」亞美害怕的揮舞著手，不停的掙扎著，一個不小心跌坐在地上，撞到頭昏厥了過去。

＊

「天已經亮了呀！」一早陽光透過窗戶照在亞美的床鋪上，刺眼的陽光讓亞美無法立即張開眼睛。

亞美適應了光線緩緩的張開眼睛，發現房間的窗戶居然是開的，而且窗簾也沒有拉上。「我記得昨晚睡前我已經拉上了呀！」

「喵嗚——」摸不著頭緒的亞美，看見未來坐在自己的床沿，用粗糙的舌頭舔著自己的臉龐，才稍稍感到放心。

「未來是妳呀！我、我好像做了個噩夢！」亞美似乎想將那真實的夢境，說給未來聽。

「喵——」未來打了個哈欠便跳下床鋪，似乎對亞美接下來的話題不感興趣，逕自的走出亞美的房間。

「真的是我在作夢嗎？」亞美一邊刷牙一邊看著鏡子中的自己，想著昨晚的畫面，身體不自覺的打了個冷顫。

「亞美吃早餐囉！」加奈子的呼喚聲打斷了亞美的思緒。

「好！我馬上來！」梳洗完走到餐桌前的亞美，開口就問：「媽，妳昨晚有聽到奇怪的聲音嗎？」

「奇怪的聲音？沒有呀！」加奈子看都沒看亞美，一邊回答一邊盯著未來看。

「媽妳在看什麼？」

加奈子心滿意足的說著：「妳不覺得看著未來津津有味的吃著我們為她準備的食物，很有成就感嗎？」

「嘔……」亞美看著未來正在吃的食物忍不住做嘔。

「媽！妳給未來吃什麼呀！」亞美衝上前去，把盤子裡的食物丟到垃圾桶去。

「亞美妳做什麼呀！」加奈子生氣的站了起來，看著被丟在垃圾桶裡的食物，一副很捨不得的樣子。

「媽，妳、妳怎麼會拿生魚給未來吃！」亞美不敢置信的看著加奈子。

「有什麼不對嗎？貓本來就可以吃生魚呀！再說那是我一早醒來，特地去買的活魚耶！」加奈子邊說邊不甘願的把垃圾袋給綁了起來。

加奈子一臉不悅的說著：「不然妳說說看未來這陣子，給她吃飼料都不吃，動也不動一下，甚至連看都不看一眼，難道要放任未來餓著肚子不管嗎？」

加奈子無奈的繼續說著：「我也是前些時候煮晚餐時，發現魚整條不見了，找了一下才發現是未來拖去吃了，所以我才會準備新鮮的魚給未來吃呀！」

「喵嗚！喵嗚——」未來用前腳不停的撥著垃圾袋，似乎還想繼續吃魚，抬起頭看著亞美，眼神中透露出哀憐渴望的神情。

心軟的亞美突然想到早上醒來時，未來舔了自己的臉，忍不住又一陣作嘔，衝到廁所吐了起來：「嘔……」

再加上昨晚那真實到不行的夢，一連好幾天亞美都食慾不振，精神也越來越差，甚至無法去上學。

這天夜裡身體不適的亞美在床上翻來覆去睡不著，走出家門口想透透氣。這時又聽到了奇怪的聲音。

「喀喀、喀喀……」骨頭被啃咬碎裂的聲音不斷傳來，亞美害怕的發抖著，嘗試深呼吸想讓心情平復下來，提起勇氣在黑暗之中，找尋聲音的方向。

「喀喀、喀喀……」前方的巷子口傳來清楚的聲音，亞美的心中雖然有一股不好的預感，還是禁不住好奇的朝著聲音的方向走了過去。

亞美因為害怕，身體不由自主的顫抖著，隨著亞美一步步的接近，奇怪的聲音就越來越明顯。

亞美跟著聲音的方向不知不覺走到了山坡地，映入眼裡的景像讓亞美嚇一大跳，忍不住發出聲音「唔……」亞美及時摀住自己的嘴，躲在草叢旁邊。

「喵——」黑暗中有一雙眼睛，發出陰森的藍色光芒，朝著亞美的方向看了一眼，便低下頭去。

巨大的貓又，伸出前爪開始挖著小貓的墳墓，隨著貓又的挖掘，空氣中瀰漫著一股濃厚的屍臭味。

隨著挖掘的面積越來越大的，屍臭味也越來越明顯，接著貓又把叼在嘴裡的物品丟進洞裡。

空氣中瀰漫著屍臭味，已經讓亞美感到渾身不舒服，剛剛貓又丟下洞裡的東西，居然是一個人頭，還滾了幾圈才靜止不動。

「嘔……」亞美忍不住作嘔，這一次貓又注意到亞美的存在，一步步的朝著亞美逼近，貓又輕輕的一跳，直接站在亞美的面前。

「不要！不要過來！」亞美害怕的往後退了好幾步，貓又咬住亞美的衣領，直接走到小貓的墳前，放下亞美。

「抱歉！終究還是讓妳發現了事實……」貓又走到墳前看著屍體早已腐爛的小貓們，一轉眼！貓又在亞美的面前變回了未來的模樣。

「未、未來？是妳！」亞美睜大雙眼，不可思議的看著未來，驚訝到說不出話來。

未來看著亞美開口說著：「是我……這陣子所有的事件都是因為我的關係！一開始我只是想給這些殘忍的孩子，一點點懲罰，誰知道他們一點反省的意思都沒有。」

未來看著小貓們的墳墓，流下了淚水繼續說著：「因為如此我心裡的怨念越來越深，所以我試圖報復他們，想藉此慰藉我可憐的孩子們，但是我並沒有因為這樣做而感到快樂。」

「唉——」未來嘆了口氣繼續說著：「我死去的孩子們，更不會因為我對那些孩子的報復而復活。」

未來朝著亞美走了過來，坐在亞美身旁說著：「放不下的怨恨，反而讓我自己越來越痛苦，既然被妳發現了也好，一切也該結束了……」

亞美驚訝的說著：「結束？未來妳要做什麼？」

未來露出一抹淺淺的微笑說著：「我該離開了……我該反省自己的所作所為，跟當初那些男孩傷害我的孩子們時，所作的行為一樣惡劣！這樣是錯誤的！」

未來站了起來再度走到墳前，回頭看著亞美說著：「這段時間……謝謝妳們的照顧，真的很謝謝妳們……」

說完未來全身散發出金黃色的光芒，把夜空整個照亮了起來，不久未來全身癱軟掉入埋葬幼貓的墳裡。

亞美來不及上前抱住未來，只能眼睜睜的看著未來掉了下去。

原本被金色光芒照亮的夜空，恢復了原本的樣子，烏雲漸漸散去，月亮也因此而露臉，露出微微的光芒，讓亞美可以看到墳裡的狀況。

「這、這是？」亞美訝異的看著墳裡的一切，未來倒在死去的幼貓身旁，看似熟睡一般安穩的陪伴在自己孩子的身邊。

而稍早未來丟進去的人頭和其他的四肢早已不見蹤影。

亞美按捺住悲傷的情緒，把墳墓上的土覆蓋回去，渾身泥巴，狼狽的走回家，還沒走到家，遠遠的就看到加奈子在家門口，等待著亞美。

一看到亞美，加奈子走上前著急的問著：「亞美，那麼晚了，妳去哪裡了？怎麼全身都髒兮兮的？」

要怎麼解釋這一切？未來就是貓又？剛剛發出一陣光就消失了？

亞美疲憊的搖搖頭，走進屋裡，客廳的電視正播著新聞畫面。

「午夜新聞，這陣子在新瀉縣發生的孩童離奇失蹤案，失蹤的孩童們在稍早時都陸陸續續的回到家中，只是不管大人們怎麼追問他們突然失蹤是去哪了？卻沒有半個孩子回答的出來。」

亞美呆愣愣的看著新聞畫面，腦海裡浮現出所有跟未來相處的點點滴滴……

貓又解說

貓又，又可寫作貓股，分為山中的妖貓，以及年老的家貓所變成的。傳說只要尾巴分岔成兩條，就是貓又妖怪；有的貓又會讓死人復活，有的會吃人的死屍；特點都是會說人話，且有迷惑人類的妖術。傳聞寺廟內的貓也很容易會變成貓又，通人話愛惡作劇卻不會傷害人類；曾經有傳聞元祿年間江戶增上寺有一隻老貓，有次不下小心從屋頂掉下來時大喊：「南無三寶！」

近代也有傳聞，加拿大似乎有流傳貓又般尾巴的貓相片。

百鬼夜行

魔化

絡新婦

絡新婦

「俊彥……今天是情人節，我們一起去看電影好不好？」紗織開心的從俊彥後頭環抱著俊彥的腰撒嬌著。

一早醒來便一直在餵自己飼養的蜘蛛，清理巢箱的俊彥，聽到紗織這樣說，俊彥動作稍為停頓了一下，表情木然默默地將巢箱的蓋子蓋上。

俊彥面無表情的轉過身冷冷的看著紗織，紗織完全沒注意到俊彥眉頭緊皺，臉部帶著一絲無奈的表情，依舊滿臉笑容開心的拉著俊彥的手，滿心期待的說著。

紗織拿著手機在俊彥的面前滑動著螢幕。「吶……俊彥你看這部電影，廣告打得很大！網路上的風評也很好耶！」

沒等到俊彥的回應，紗織直接依偎在俊彥的懷裡撒著嬌說：「好嘛……我的同事跟朋友們都說很好看，我們一起去看好不好嘛……」

紗織眼神中充滿著期盼，開心的抱著俊彥，期待著能跟俊彥去看場電影。

俊彥表情冷漠的看著紗織口氣平穩的說著：「今天我跟朋友有約！不能陪妳去看電影，妳自己去吧！」

紗織不敢置信的看著俊彥：「為什麼？你難得休假，剛好又是情人節，為什麼不陪我一起去看場電影！」紗織實在是想不透，俊彥為什麼突然對自己那麼的冷淡。

紗織開始質問起俊彥，原本悶不吭聲完全不想理會紗織的俊彥，受不了紗織一再的追問，終於按捺不住性子，開口說著：「我……我愛上別人了，我們分手吧！不要追問我任何理由。」

沙織聽到俊彥這樣說，先是呆愣了幾秒，臉上勉強的擠出一絲笑容：「俊彥你在說什麼呀？你在跟我開什麼玩笑呀？這樣一點都不好笑好嗎？別鬧了啦！」

俊彥自顧自的做著自己的事情，臉上一點笑意都沒有，更沒有給紗織任何回應，沙織這才意會到，俊彥是認真的，並沒有在跟自己開玩笑。

「你……是真的打算跟我分手嗎？」沙織說話的聲音略帶顫抖，臉上的笑容早已消失得無影無蹤，紗織壓抑著情緒，眼睛直盯著俊彥。

俊彥一臉正經，表情嚴肅的看著沙織，一點遲疑都沒有，開口便冷冷的說著：「妳沒有聽錯！我是認真的！我就是要和妳分手！」

紗織聽完眼眶不禁泛紅，眼角泛出淚水激動的說著：「為什麼！為什麼那麼突然？我們的感情一直都很好、很穩定的不是嗎？！」

紗織急忙拉住俊彥的手說著：「前陣子，你不是還說想要和我結婚的嗎？我們還一起商量著蜜月旅行要去哪裡的不是嗎？」

紗織遲遲無法相信，好端端的怎麼俊彥會突然跟自己提分手。紗織的情緒越來越激動不禁哭喊著：「你怎麼捨得跟我分手，選擇離開我？是誰？是誰讓你甘願捨棄我們的感情……」

俊彥按捺不住脾氣大聲怒吼著：「妳不要拉著我的手！」俊彥絲毫不留一絲情面，逕自的甩開紗織的手，完全不理會此時紗織的心情有多難過，自顧自的清理著飼養蜘蛛的巢箱。

紗織搖了搖頭，她無法相信天天跟自己膩在一起，口口聲聲說最愛自己的男人，現在竟然可以對自己如此冷漠。

紗織再也無法壓抑自己的情緒，不停逼問著：「俊彥你快說！那個女人是誰？我要看看她，問她為什麼要破壞我們之間的感情！」

俊彥無視紗織的態度，讓紗織再也無法忍受，情緒激動的拿起一旁的抱枕便往俊彥丟了過去。

俊彥一把抓住抱枕，不悅的對著紗織吼著：「妳這樣是在幹什麼？別再無理取鬧了！我們之間已經結束了！」

紗織看著俊彥淚流滿面，聲嘶力竭的哭喊著：「為什麼？為什麼要這樣對我？你怎麼捨得這樣對我……」

俊彥受不了紗織不停的哭鬧，小心翼翼的蓋上蜘蛛巢箱，轉過身拿起外套便打算出門，關上門前俊彥突然回過頭看著紗織，語氣冷淡的說著：「我話已經說得很明白了……希望妳能夠明白，我們之間無法再繼續下去了！」

「碰！」俊彥話才說完，便頭也不回的甩上門走了出去。

俊彥的舉動讓紗織一整個情緒崩潰，癱坐在客廳的沙發上不停哭喊著，左看右看，看著屋內所有的擺設，這是當初他們倆決定同居時，一起採購的家用品，紗織一邊看著一邊回想著兩人在屋子裡相處的點點滴滴。

原本心情愉悅的紗織，此時情緒早已盪到谷底，這時紗織的心裡只有徹底的失望，屋內的擺設紗織一件件的拿起來丟在地上。

「鏗鏘！」隨著東西摔落地面，破碎的聲音一陣陣的響起，俊彥允諾給沙織的未來、結婚的夢想，在剛剛俊彥無情的話語之中，一切都已變成了泡影。

沙織的胸口彷彿被利刃割劃過一般，一陣陣的刺痛著。擺放在電視櫃上頭，他們倆親暱的合照，看起來顯得格外的諷刺，紗織拿起的相框便往地上摔。

「鏗鏘……」玻璃散落了一地，心情低落的沙織，回憶著交往三年多的日子裡，在這個只屬於他們的家，許多的美好回憶。

更讓紗織想不透的是，昨晚兩人一起吃飯時還好好的，有說有笑的！怎麼一夕之間，俊彥的態度會轉變得如此……

紗織仔細的回想著：「難道是昨晚深夜的那一通電話？！」昨晚半夜俊彥手機突然響了起來，俊彥一反常態接起電話便慌慌張張的走去陽台接聽電話。

「難道那通電話就是讓俊彥決定跟我分手的關鍵？」紗織看著俊彥最喜愛的蜘蛛們，在巢箱裡不停的攀爬著，情緒無從發洩的紗織，將心中滿滿的怒氣宣洩到蜘蛛身上。

「心愛的寵物是嗎？我會好好的照顧好牠們的……」紗織嘴裡一邊唸著，

一邊拿起了一旁的木棒，把飼養蜘蛛的巢箱一一敲破。

「鏗鏘……」隨著巢箱玻璃破裂，裡頭飼養的各式蜘蛛開始四處逃竄，快速的移動著毛茸茸的身軀，沒多久客廳內佈滿了各種大小不一的蜘蛛，更有幾隻蜘蛛，已經懸掛在天花板上，吐著蜘蛛絲結著蜘蛛網。

這般的景象沒有讓紗織感到害怕，情緒已經陷入瘋狂的紗織，踩踏著俊彥最愛的蜘蛛，蜘蛛開始四處逃串，來不及逃跑的蜘蛛，在紗織逼近的時候，一連好幾隻蜘蛛，防禦性的狠狠咬了紗織的腳掌。

「啊……」紗織叫了一聲，疼痛的把腳縮起來，一邊怒瞪著蜘蛛說著：「為什麼?你們主人欺負我，連你們也欺負我……」

被蜘蛛咬到的傷口，傳來了陣陣的刺痛與灼熱感，傷口疼痛不已的紗織看著腳上的傷口。

強烈的疼痛讓紗織想起俊彥曾經說過，這裡面有些蜘蛛是有劇毒的，紗織急急忙忙的拿起電話打給俊彥。

「俊彥快點接起電話呀！」紗織著急的撥著俊彥的電話，只是不管紗織怎麼打，俊彥一直都沒有接聽電話。

好不容易接通了，紗織還沒開口，電話隨即又掛斷，之後不管紗織再怎麼打，電話都打不通了。

紗織一臉茫然的癱坐在椅子上，默默的流下心碎的淚水，連想打電話叫救護車求救的意念都沒有。

父母早逝的紗織，完成學業以後，便獨自一個人離開家鄉在外地工作。早已習慣一個人的紗織，在公司上班時才認識了俊彥，互相欣賞的兩個人認識不久後，便開始交往。

感情一直很好、很穩定的他們，不久前還在討論結婚的事情，如今……原先還很開心可以跟俊彥組織家庭的紗織，直覺現在的樣子很是諷刺。

「哈哈……」紗織乾笑了幾聲，內心彷彿被掏空了一般，不知道生命的意義在哪？一直以來支持自己存活的力量在哪？

紗織眼神空洞，頓時覺得自己的人生沒有了希望，失去依靠的紗織打算結束自己的生命，想藉此報復俊彥。

「俊彥！你一定會後悔的……」紗織話才說完，伸手拿起餐桌上的水果刀，閉上雙眼，眉頭一皺，鮮血隨即從傷口滲了出來，沿著手臂不停的滴落到地上。

陣陣的痛楚從手臂上傳來，從交往至今，把所有的心力全都投注在俊彥身上的紗織，連他們現在住的這間房子，還是紗織拿出所有的積蓄買下來的，甚至連房子都是俊彥的名字。

如今俊彥不但愛上別人，還那麼輕易的開口向自己說分手，這樣的打擊，讓紗織完全無法接受。

鮮血不停的流，失血過多的紗織，意識逐漸模糊的癱軟在椅子上，他們交往至今甜蜜的景象，一幕幕的在紗織的腦海裡重現。

紗織看著屋內大大小小的蜘蛛，默默地說著：「什麼是最愛?最愛也不過就是如此……只要一方變了心，一句分手之後，就什麼都不是了……」

「嘟嘟嘟嘟……」紗織手中依舊拿著沒有人接聽電話，心裡充滿的怨恨的紗織，眼角流下了悔恨的淚水，默默的闔上雙眼，嚥下了最後一口氣。

＊

大大小小的蜘蛛在紗織的身上隨意的攀爬，有些蜘蛛甚至把毒牙刺入紗織皮膚注入毒素，只是紗織再也沒力氣反抗了……

適逢情人節還在外頭跟新女友約會的俊彥，完全不知道家裡發生了什麼事情，依舊開心的跟新任女友甜蜜的約會看電影，享受情人節大餐。

直到隔天才回到住處的俊彥，看到倒臥在椅子上動也不動的紗織時，一切都已經來不及了。

紗織全身發紫，臉部浮腫，僵硬的倒臥在椅子上，全身滿佈著的被蜘蛛啃咬的傷口，慘不忍睹的死狀，讓俊彥看了也忍不住流下淚水。

「怎麼會這樣！紗織妳怎麼會那麼傻……」俊彥不敢置信的抱起死亡多時的紗織，怎樣也想不到自己跟沙織提分手，會讓紗織做出那麼傻的決定，選擇結束了自己的生命。

俊彥拿起手機撥打電話給自己最好的朋友：「安藤！我的女友自殺了！」電話那頭的安藤，語氣驚訝的說著：「你女友？昨天你們不是還在約會看電影嗎？」

俊彥語氣急促的說著：「不是啦！是紗織，紗織自殺了！」

安藤氣憤的說著：「你是怎麼搞的，怎麼會搞到紗織自殺了？」

「這、這我也不知道怎麼會這樣呀！」俊彥避重就輕的回答，絲毫沒跟安藤提起任何他跟紗織提分手的事情。

向來知道俊彥很花心的安藤，大概猜想得到是什麼原因，冷靜的說著：「報警吧！除了報警還能怎麼處理？」

在警方到場了解後，最終警方以紗織自殺身亡收場。在安藤的協助下，俊彥幫紗織辦了場簡簡單單的葬禮，就此畫下了紗織人生的句點。

「俊彥！你花心歸花心，也該分得清楚什麼是逢場作戲，什麼是真愛吧！紗織她真的死得很冤枉……」安藤有點氣憤的說著，心虛的俊彥並沒有多跟安藤解釋什麼，以安藤對他的了解，再多的解釋都是多餘的了。

葬禮結束沒幾天，俊彥把家裡整理過後，過沒多久，俊彥很快的就把新交往的女友里央，帶回去他跟紗織的家。

當然俊彥並沒有跟里央說出事實……

「哇……好漂亮喔！」里央開心的在房子裡四處看著，俊彥直接走到里央的背後環抱著里央。

俊彥一臉得意的笑著說：「喜歡嗎？都是根據妳的喜好佈置的唷！」

「謝謝你，你對我真好……」里央開心的吻著俊彥。

正當兩人沉浸在幸福的時刻，一隻蜘蛛迅速的朝著他們靠近。

「啊……」里央被眼前的大蜘蛛給嚇到，不禁大叫起來，害怕的躲到俊彥的背後。

俊彥一邊安撫里央一邊抓起蜘蛛放在手上把玩著：「不怕！這是我養的寵物蜘蛛。至於其他巢箱裡的蜘蛛，有的具有毒性，所以要小心一點喔！平時沒事千萬不要去碰牠們喔！」

俊彥掀起巢箱的蓋子，小心翼翼的把手中蜘蛛放回巢箱裡頭，輕聲的對著蜘蛛說著：「這可是女主人唷！不可以隨便嚇她喔！」

原本害怕的里央，聽到俊彥這樣一說，嬌羞的說著：「討厭啦！誰是女主人呀！」

沉浸在熱戀中的倆人，絲毫沒有發現任何異樣，巢箱裡的蜘蛛正不尋常的騷動著。

夜裡熟睡的里央，睡夢中感到好像有人在盯著她看，突然腳底傳來刺刺癢癢的感覺，而且癢的範圍逐漸從腳踝延伸到大腿。

「啊！」里央嚇得從睡夢中驚醒過來，趕緊從床上跳了下來。

里央站在床邊，聲音顫抖的叫喚著俊彥：「俊彥醒醒啊！床上好像有奇怪的東西！」

睡眼惺忪的俊彥打開燈，掀開棉被四處看了一下。「沒有呀！沒有奇怪的東西呀！」

「可是剛剛……」

俊彥輕輕摟著里央的肩膀安撫著里央：「沒事的！妳只是太累了，有我在妳身邊陪妳，別怕！」

里央不放心的央求著：「俊彥你再掀起棉被看一次好不好？」

俊彥看著里央溫柔的笑著說：「當然可以呀！」俊彥隨即再次查看了一次，里央確定床上真的沒有奇怪的東西，才放心的躺回床上。

俊彥輕輕的吻了里央的額頭：「親愛的，現在妳可以安心的睡覺了吧！」

「嗯……」雖然里央這樣說，但是剛剛的感覺一直纏繞在里央心中，分不清是心理因素還是什麼，因為感覺太過真實，讓里央心理依舊餘悸猶存。

躺在床上翻來覆去里央遲遲無法入睡，一旁的俊彥早已沉沉睡著了。

里央就這樣翻來覆去的，直到天色漸漸亮了起來，陽光透過窗簾微微的透進光線，一夜沒睡的里央終於支撐不住，疲憊的閉上眼睛。

鬧鈴聲響起，俊彥起床後看著里央熟睡的臉龐，捨不得叫醒里央，於是決定讓里央在家裡多睡一會兒，一個人默默的出門去上班。

＊

迷迷糊糊張開雙眼的里央，渾身佈滿著大大小小、密密麻麻的蜘蛛，讓里央嚇得大叫一聲猛然的從床上坐了起來！

整個房間內連同床上佈滿了蜘蛛絲，里央隨即查覺身上有股不尋常的感覺。

「這是怎麼一回事？」里央完全無法動彈，全身被蜘蛛絲給纏住，里央害怕的掙扎，企圖掙脫蜘蛛絲，沒想到越掙扎蜘蛛絲就纏繞得越緊。

突然一隻巨大的蜘蛛朝著里央逼近，讓里央害怕的直發抖。「救……救命呀！」里央瞬間張開雙眼，才發覺原來自己剛剛做了一場惡夢。

只是夢境過於真實，讓里央的久久無法釋懷。

「俊彥，你在哪？」里央坐在床上呼喚著，拿起一旁放在櫃子上的手機一看，俊彥傳了訊息說著：「寶貝……我先去上班了，下班我再回家接妳去吃飯！今天妳就好好休息吧！愛妳，俊彥。」

里央看了一下時間。「已經那麼晚啦！這樣再過不久俊彥就回來了。」里央起身走到浴室裡面，準備梳洗好好的打扮一下。

里央一邊洗著澡，一邊唱著歌，期待晚上約會的里央早已忘記剛剛夢境中的恐懼感。

俊彥今天特別提早下班，趕回家準備接里央去吃飯，一進家門便聽到里央在浴室唱歌的聲音，俊彥把東西放著，充滿期待開心的走進房裡等著里央。

一進房俊彥便被房裡滿佈的蜘蛛絲給嚇到，俊彥揮舞著手，把蜘蛛絲給撥開，隨即走出房間來到客廳查看。

俊彥看著蜘蛛的巢箱納悶的說著：「奇怪了！蜘蛛全都好好的待在裡頭，巢箱的蓋子也蓋的好好的呀！怎麼會？」俊彥摸不著頭緒的碎唸著，便開始整理房間。

在浴室裡的里央，開水準備洗澡，隨著蓮蓬頭的水灑了下來，里央閉上眼睛沖澡的時候，突然覺得有東西在她的背上移動。

「俊彥是你嗎？不要鬧我了！」里央說完，沒聽到俊彥的回應，張開眼睛往背後一看。

「啊——」里央嚇得驚聲尖叫，拼命的甩動身體，一邊甩一邊哭喊著。

一隻長相詭異的巨型蜘蛛，垂吊在天花板上，朝著里央吐著絲，一邊舞動著毛茸茸的腳。

里央的尖叫聲，引起了正在房內清理房間的俊彥注意，趕緊跑到浴室門口。

「里央！妳怎麼了？」俊彥著急地拍打著浴室的門。

「俊彥……救我！」里央在浴室裡頭哭喊著，俊彥趕緊把門給撞開，一進門就看見里央光著身子，全身不停的顫抖、哭泣，俊彥趕緊幫里央圍上浴巾。

「妳先出去換上衣服，我處理好蜘蛛等等就去陪妳……」俊彥憤怒的拿起刷地板的刷子，朝著長相詭異的蜘蛛打了過去。

蜘蛛迅速的移動身體，沿著牆壁攀爬，朝著俊彥爬了過來，蜘蛛離俊彥越近，越讓俊彥感到害怕，怪異的蜘蛛，體型越變越大，頭部的地方隱隱約約出現俊彥熟悉的面孔。

「紗……紗織！」俊彥瞪大雙眼，不停地往後退，逃到了客廳。怪異的蜘蛛用著極其詭異的姿勢，在後頭追趕著俊彥……

俊彥害怕的叫著：「不要！妳不要過來……」

蜘蛛彷彿寄生在紗織身上，兩者的身軀彼此融合在一起，紗織扭曲變形的身體，背上長出了宛如蜘蛛一般的毛茸茸的腳，紗織的行動全靠背上的八隻腳移動著，以非常詭異的姿勢一步步的爬行，漸漸的接近俊彥。

「有、有妖怪！」換好衣服走出房門的里央，被眼前的景象嚇得癱軟在地上。

紗織冷冷的說著：「俊彥你就是因為她，才選擇跟我分手的嗎？」

「我……」俊彥聲音顫抖地說不出話來。

紗織轉身朝著癱軟在地上的里央爬了過去，眼神裡充滿的恨意，瞪著里香說：著：「就是妳……破壞我跟俊彥的幸福吧！」

「我、我沒有！我根本不知道俊彥有女友呀！」里央哭著解釋著，不停的往後倒退。

紗織心理的怨念，此時完全爆發，張牙舞爪迅速的移動扭曲變形的身軀，來到了里央面前。

像是蜘蛛捕獲到獵物一般，一把抓起里央便開始吐起絲纏繞著里央，不一會兒的時間，里央已經被紗織綑綁起來，動彈不得。

「俊彥……」里央氣若游絲的呼喚著，眼神裡充滿惶恐的看著俊彥，希望俊彥可以救救自己，怎麼知道，俊彥非但沒有想辦法拯救自己，反而一步步的往後退轉身打算逃跑。

「唔……」里央極度失望的流下淚水，紗織注意到俊彥的樣子，緩緩的說著：「我真傻！居然為了這樣的爛人結束自己的生命……還變成了人不像人，蜘蛛不像蜘蛛的絡新婦。」

「哈哈哈哈……是你！就是你讓我產生怨念，變成這副德性的！」紗織發出刺耳尖銳的聲音，轉身迅速的朝著俊彥前進，尖銳的聲音讓俊彥頭痛欲裂，摀著耳朵痛苦的蹲在地上。

「紗織一切都是我的錯，求求妳原諒我……」俊彥表情痛苦的求饒著。

紗織背上的蜘蛛腳高高的舉起，腳上的絨毛變成了尖刺，朝著俊彥的胸口狠狠的刺入。

「唔……好痛！」胸口上的傷，不停刺痛著，讓俊彥感到越來越痛苦，覺得呼吸越來越困難。

「唧——」紗織發出詭異的聲音，突然天花板傳來窸窸窣窣的聲音，俊彥看向天花板，好幾隻蜘蛛懸掛在天花板上，不一會兒客廳內便佈滿了大大小小的蜘蛛，這景象讓向來喜愛蜘蛛的俊彥感到十分害怕。

「這是什麼狀況！」俊彥拿起東西一陣亂揮，被俊彥打到的蜘蛛一隻隻的掉落在地上，紗織看著蜘蛛的屍體越來越多，為此感到很得意。

「打吧！用力的打吧！」被打死的蜘蛛，全都聚集到了變成絡新婦的紗織身上，紗織的體型越來越巨大。

俊彥對著紗織怒吼著：「妳這個可惡的妖怪！到底想要幹什麼?妳以為憑妳現在這付妖怪般的模樣，我還會愛上妳嗎？」

「看來你始終不知道覺悟呀！完全不懂得珍惜，真的認為女人是那麼好欺負的嗎？」紗織一邊說話一邊朝著俊彥逼近。

俊彥害怕的拿起東西便往紗織身上丟，見到自己的攻擊對紗織絲毫沒有反應，俊彥轉身就想往門外逃跑。

紗織迅速的移動身體到俊彥面前，擋住了俊彥的去路，一把抓住俊彥狠狠地咬了一口。

「噗吱——」紗織嘴裡冒出的毒牙，開始注入了不明的液體到俊彥的體內。

「不要！求求妳不要……」俊彥臉部表情扭曲，聲嘶力竭的大喊著。

「求求妳放過我……」紗織完全無視俊彥的求饒，開始不停地吐著蜘蛛絲纏繞著俊彥。

俊彥拼命的掙扎卻無法掙脫，每掙扎一次，紗織就纏繞得越緊，直到俊彥整個被蜘蛛絲緊緊的捆住，完全動彈不得為止。

紗織這才甘心，天花板的一角突然出現了一個漆黑的大洞，紗織離去之前緩緩的回頭看了里央一眼，便朝著漆黑大洞爬了進去，在紗織進入洞口之後，大洞也隨即消失，一切彷彿像是都沒發生過一般。

不久後捆住里央的蜘蛛絲開始層層的剝落，直到里央癱軟在地上，里央虛弱的站了起來，走到俊彥的身旁，里央的手不停地顫動著伸手摸向俊彥，直到靠近了俊彥的鼻子，里央查覺到俊彥完全沒有了呼吸。

突然俊彥身上的蜘蛛絲也開始層層的剝落，俊彥脖子以下的身軀，彷彿被榨乾了一般，只剩下薄薄的一層皮膚，血管隱隱約約的透了出來。

里央嚇得昏到在地上，再一次張開眼睛，里央已經躺在醫院的病床上，里央不停的告訴自己，腦海裡殘存的恐怖記憶，只是自己作的一場惡夢罷了。

感到昏沉沉的里央起身往浴室走去，一看到鏡子，里央忍不住大聲的尖叫起來。

「啊……這是什麼？」透過鏡子里央看到自己的皮膚表層裡，有著像蜘蛛一般的物體，密密麻麻的在自己的身上不停地爬著。

里央的尖叫聲吸引了醫護人員的注意，走進病房的醫護人員看見里央都不敢靠近，越來越多醫護人員圍繞在里央的病房外。

議論紛紛的說著：「她……是不是遭到詛咒了呀？」聽到別人那麼說，里央忍不住流下眼淚。

情緒受不了打擊的蹲在病房的角落，這時里央的爸媽來到了里央的病房外，聽到病房內傳來里央哭泣的聲音，又看到那麼多的醫護人員聚在里央的病房。

里央的爸爸對著醫護人員震怒的說：「你們這是幹什麼？」

醫護人員紛紛讓出了位置，讓里央的父母進到病房裡，哭紅雙眼的里央一看見爸媽來了，隨即站起來想要抱住自己的媽媽。

誰知道，媽媽看見里央的樣子，臉上不禁露出驚恐的表情，身體也不由自主的往後退了好幾步。

「為……為什麼妳會變成這個樣子？」里央的媽媽舉起顫抖的手指向里央，

完全無法相信原先那個漂亮的寶貝女兒，外表會變得如此嚇人。

里央親眼看見媽媽對待自己的態度，情緒瞬間崩潰不停地哭喊著，腳也一步步的往窗戶退了過去，一靠近窗邊什麼話都沒說，大叫一聲之後猛然低爬上窗台準備一躍而下。

「不要呀！里央，千萬不要做傻事！」爸爸急忙衝過去，及時伸手拉住了里央的手。

里央滿臉淚水的央求著：「爸爸，對不起……請你放開我，我真的無法接受，現在外表變得如此噁心恐怖的我。」

里央拼命的掙扎著，試圖要掙脫爸爸的手，一邊聲嘶力竭的哭喊著：「與其要我用這種面貌活著，不如就讓我選擇離開這個世界吧！」

「爸爸！請你原諒我……」

里央絕望似的閉上雙眼，用力掰開了爸爸緊握著自己的雙手，就這樣在爸媽和醫護人員的面前硬生生的墜落地面，結束了自己的生命。

絡新婦解說

絡新婦是日本各地傳說的一種妖怪，會變成美女的樣子出現；本來紀錄是寫「女郎蜘蛛」，久了就成了絡新婦。

鳥山石燕的「畫圖百鬼夜行」中，有操控會吹火蜘蛛的蜘蛛女圖案；江戶時代的書籍「太平百物語」和「宿直草」都有絡新婦這個名字。會吃人也會誘惑人，是一種很可怕的妖怪，還會食用人腦，據說弱點是怕火。

百鬼夜行

魔化

扭捏扭捏

扭捏扭捏

二〇〇三年在日本的留言板上，曾經留下了這段令人恐懼的故事。

這是小時候所發生的，去祖父祖母的秋田老家玩的時候所發生的事情。

每年中元節才會回去鄉下祖父母家拜訪的我，常常和喜歡大聲喊叫的老哥到外面去玩；和都市的糟糕空氣相比，鄉下的空氣真的非常的好，讓我常常沐浴在爽朗的風中和老哥在田野間跑來跑去。

那種開心和快活，是都市沒有的感覺；原以為可以這樣快樂的一直玩下去，卻在那一天發生了無法改變的事情。

那一天正中午的時候，平時涼爽舒服的風竟然沒有了，天氣炎熱又帶著很不舒服的壓迫感，難道會有不太對勁的事情嗎？正當這樣想的時候，吹起了讓人渾身不自在的熱風。

「明明就已經很熱了，幹嘛還要在這時候吹起這種熱風啊！」我正在為了涼爽的感覺被剝奪而不高興抱怨時，卻注意到老哥從剛開始一直往田野的某個方向望去；隨著老哥的目光我也發現田野中有稻草人。

「那裡的稻草人怎麼了嗎？」我問著老哥。

「不，是另外一邊。」哥哥邊說，邊注視著另一邊的田野。

我也非常好奇，因此順著哥哥說的方向仔細看過去；確實在那個方向，好像真的有什麼東西在，因為太遠看不太清楚，像人一樣大的白色物體正不停扭動著。但是，從周圍的田野看來，似乎不太可能會有人在那邊才對。

我突然有一種很奇妙的感覺，心裡想先試試解釋這種狀況看看。

「那個，應該是新型的稻草人不是嗎？一定是因為，到目前為止都沒有會動的稻草人，或許是哪一個農家的人所想出來會動的稻草人吧？大概是因為剛剛的風，把稻草人吹到動起來了。」

聽到我這樣說，老哥一臉「原來是這樣啊」的表情，但是一瞬間老哥那樣的表情卻又消失了！風停止的瞬間，那個白色的東西卻沒有停止，仍然扭來扭去的動著。

老哥驚訝的說著：「喂！還在動喔！那個到底是什麼東西啊？」因為太過介意，老哥特別跑回去，拿著望眼鏡又跑了回來。

老哥看起來很興奮：「我先看！你就先在旁邊等著吧！」老哥邊說，邊拿起了望眼鏡窺視著，而我也因為一直盯著老哥興奮的表情，變得很期待。

突然老哥的表情發生了急遽的變化！一陣陣鐵青的顏色出現在老哥臉上，老哥臉上也不停冒出冷汗，到最後手中的望眼鏡也掉落在地上。

看到老哥這樣的變化，我趕緊問著：「到底那是什麼呢？」

老哥非常緩慢的回答著我：「不要，知道，比較好……」

沒說完，老哥的聲音完全消失了，只是一個人搖搖晃晃的慢慢走回去。

看著老哥走回去，我愣在原地。

我想要看看能讓老哥瞬間臉色變得鐵青的那個扭動白色物體，所以將掉在地上的望眼鏡撿了起來，但是卻因為聽到了老哥說的話，變得勇氣都消失了。

雖然不太敢看，可是還是很好奇。

遠遠的看，那個奇妙的白色物體還是一直在扭動著；因為好奇心作祟，內心已經不會再覺得可怕了，只是老哥的樣子仍然很讓我介意……

好吧！也只能看清楚了！到底是什麼東西讓老哥變得那麼害怕？只能用自己的眼睛確認了！我拿起望眼鏡準備看清楚……

這時候，祖父用很驚人的速度跑到我旁邊來！

我問他：「怎麼了？」

祖父大聲的問著：「不可以看那個白色物體！你看了嗎？你，用望遠鏡看了嗎？」祖父的態度咄咄逼人。

「不……還沒有……」我有一點點心虛又害怕的回答著。

「太好了……」祖父放鬆心情說完後，當場哭了出來。

我莫名其妙的完全不知道發生什麼事情，跟著祖父回到了家裡。

一回去，就看到大家正在哭。是為了我的事嗎？不，並不是。

仔細看，只有老哥像是發瘋了一般一直笑著，還跟那個白色物體一樣扭動著，而且是像發瘋一樣扭動狂舞著。

我看到了老哥那模樣，心中升起了比那個白色物體更強的恐怖感。

＊

到了要回都市的那一天，祖母和我說了。

「你哥哥就放在這邊生活吧！都市那邊地方狹小，又要在意世人的眼光，只能待個幾天就……放在我們這邊，不管過了幾年，就放在田中間是最好的了……」

聽到祖母這樣說，我當場大聲的哭出來……以前的哥哥已經回不來了。

就算明年回來祖父母老家，哥哥也不再是哥哥了。

怎麼會有這種事情……明明不久前還好好跟著我一起玩著啊！為什麼……

我努力擦著眼淚，坐著車離開了祖父母老家。

在和祖父母揮手道別時，我似乎看到劇烈變化後的老哥也向我揮手；在漸漸遠離之中，我拿起望眼鏡想看看老哥的表情，老哥確實正在哭泣著。

表情看起來像是在笑，卻能感受到，那種表情是到目前為止最不想讓我看到的樣子，最初也是最後充滿悲傷的笑容……車子轉彎後就沒有再看到老哥了，我邊流著眼淚邊保持拿著望眼鏡看著的動作。

「總有一天……你會回復原來的樣子對吧……」

雖然很想要回想出老哥原來的模樣，就在一片綠野之中放晴的日子裡，回憶中的老哥拿著望遠鏡窺視著。

……怎麼回想，也只能回想到那個時候。

絕對不可以看見卻看見了的那個「扭捏扭捏」瞬間。

扭捏扭捏解說

二〇〇三年在日本的網路留言板上「不要知道比較好」鬼故事系列中十分出名的一篇鬼故事；以現代都市傳說的眼光來看，這種無法知道原因的恐懼感更是無法與其他妖怪所能相比的。故事中的哥哥是否恢復了？有其他下文嗎？資訊一概不知，只知道這段故事被翻拍成電視節目，電影或是小說，實際真相就更不得而知了。

百鬼夜行

魔化

酒吞童子

酒吞童子（一）鬼童子之章

平安京時代到鎌倉時代，在妖怪橫行與陰陽道發達的時期，曾經有過酒吞童子的大江山之戰。由酒吞童子帶領著茨木童子與童子四天王，對抗名將源賴光和藤原保昌及賴光四天王的故事。

一切，都要從很早很早以前開始說起。

＊

「這些衣服洗完，就快點回去吧！」一位農婦打扮的年輕漂亮女子，拿著洗衣服的木桶在河邊洗著衣服。

現今的新瀉縣，山形縣和秋田縣附近，當時被稱為越後國之中的某個山村，有個鐵匠徹郎和年輕的女孩小九新婚不久，兩人過著甜蜜的日子；和其他村人相比，鐵匠的衣服容易弄髒，小九每天都會到半山腰的河邊洗好衣服再回去料理家務，等待鐵匠徹郎回家。

「呼，再洗剩下的幾件，就可以回去了。」小九露出笑容，擦了擦汗後，對著河中自己的倒影微笑著。

小九是另一邊山邊小村長大的，因為自己村里大家的農具常常拿到徹郎鐵匠老爹這邊的鐵鋪來修理、購買，久而久之兩邊的村莊都非常熟識，兩邊的村落便因此經常進行通婚；小九父親看上了和小九年紀相仿，善良又上進的年輕鐵匠徹郎，因此將小九許配給徹郎當新娘。

小倆口過得十分的幸福，新婚期間十八歲的徹郎讓才十五歲的小九每天都過得很幸福；雖然徹郎不是武士階級，但是徹郎對小九非常的溫柔體貼，努力工作的結果也讓小九衣食無缺，村人對這對年輕夫妻也很友善，這讓小九每天都幸福的微笑著。

「等等也撿一些柴火回去好了，希望今晚的粥可以加個雞蛋，讓徹郎補補身體。」小九自言自語的對著河中的倒影說著，紅通通的紅暈讓小九對著河中自己的倒影傻笑著。

「喔呀！好可愛的女孩子。」聲音傳來的同時，水中也映出了一位男性的倒影。

「咦？」小九趕緊站起身回頭看，同時倒退了幾步。

眼前是一位帥氣白衣年輕武士，正微笑的看著小九。

「啊……看您的樣子是武士大人嗎？真的非常的失禮！」小九趕緊彎下腰跪在地上道歉著；封建的武士階級是僅次於貴族的身分，平民絕對不能有半點失禮，否則被斬殺也不能有怨言。

「請不要這麼介意。」年輕武士笑笑的伸出手，想將小九扶起來：「請起身說話吧！不要把衣服弄髒了。」

「讓您這樣說，真是太感謝了。」小九怯生生的站起身，再次看向年輕武士。

年輕武士帥氣的外表讓小九有點看得出神，但是很快發現年輕武士的頸部似乎受傷了？有一道很深的血痕。

小九指著武士的頸部問著：「武士大人，您的頸部？沒事吧？」

「啊！這個啊！」武士摸了摸頸部解釋著：「我剛打完仗經過這裡，所以傷口還沒完全復原。」

「我知道一些藥草可以治療。」小九輕快的在河岸旁周圍採了一些藥草，用石頭搗碎後放在一塊布上，綁在了年輕武士的頸部。

年輕武士微笑看著小九，讓小九臉紅心跳。

「真是可愛的人類。」年輕武士笑著說完後，一把摟住了小九；小九全身一軟失去了知覺……

在隱約中，小九像是很安心的被包覆著，既幸福又溫暖，包覆著自己的物體就像是一條很大很大的蛇，眼睛閃爍著漂亮的紅色和金色光芒。

不知過了多久，小九張開了眼睛坐起身看了看周圍。

沒有什麼武士，也沒有什麼大蛇，只有自己衣衫不整的躺在河岸邊；看樣子好像也睡了一段時間，已經快要到黃昏的時間了。

是作夢嗎？小九將衣服穿好，害羞的抱起木桶帶著衣服跑回家去。

晚上徹郎回到家中，小九已經煮好了香噴噴的粥在等著徹郎。

「嗯？好香啊！今天有加雞蛋嗎？」徹郎開心的問著，一進門就聞到香味了。

小九畢恭畢敬的迎接著徹郎：「徹郎，歡迎您回家。」小九微笑的問著：「要先洗澡還是吃飯呢？要先洗澡的話熱水也已經煮好了唷！」

「小九，謝謝妳。那我就先洗澡吧！不然又會把家裡弄得黑黑的。」徹郎邊脫下草鞋，邊看了看身上的黑漬，似乎有些不好意思。

「沒有關係的唷！」小九微笑的搖搖頭，一點也不在意徹郎弄髒家裡。

換下衣服的徹郎，走到了在屋外的泡澡木桶旁；徹郎在木桶中輕鬆的泡澡，看著星空微笑著。

這就是幸福吧？能夠娶到那麼漂亮的小九，鐵匠的工作也越來越順利，或許未來可以開一間屬於徹郎自己的鐵匠鋪，或許也是很好的目標吧？

徹郎泡完很開心，起身擦乾身體穿上衣服後，走到了房間內說著：「抱歉，我洗好澡了喔！一起來吃飯吧……」

迎接徹郎的不是小九的笑容，而是躺在地上的小九。

「小九？小九妳怎麼了嗎？」徹郎緊張的喊著：「小九！小九啊！」

＊

「懷孕了。」村里的婆婆對著徹郎說著：「看來要減少小九的工作份量。」

「真的嗎？」徹郎緊緊的握著小九的手，兩人相視而笑。

家中又要多一個成員了，小九和徹郎充滿著幸福的笑容。

夏天過後，接著短暫的秋天過後，積雪佈滿著整個村莊。

小九每天都會摸著肚子，微笑的等待著小生命的誕生。

春天來到後，小九還是挺著肚子做家事，也會照常到河邊洗衣服；對於白衣年輕武士的事情，小九只當作是一場夢。

經過了十個月的孕期，小九卻絲毫沒有生產的跡象。

到了第十二個月，過了一年又來到了夏天，小九還是沒有生產，擔心的徹郎請來了接生經驗豐富的婆婆來看看狀況，卻沒有像樣的結論。

滿十六個月時，一個聲音宏亮，臉上帶有赤紅色圓形胎記的男嬰誕生了。

生下的男嬰健康又好動，徹郎和小九取名為「朱點」。

這個男嬰，日後成為了名震天下的酒吞童子。然而從小九和徹郎兩人現在的微笑中，感受到的只是至高的幸福。

朱點異常的聰明，在出生後沒多久就會開始說話，成長到了兩歲時，智能已經優秀到宛如七、八歲的孩子，聽過的事情幾乎不會忘記，看過的書籍資料也能夠無師自通、過目不忘；體能也比一般孩子還要強壯，力氣甚至還比大人還要大。

朱點除了額頭上的紅色胎記外，遺傳了小九的清秀面貌，是個可愛又充滿著元氣的孩子。

如果不出現那樣的事情，或許朱點會過著完全不同的人生吧！

很快的，朱點五歲了，就像一般的孩子一樣，愛在村中跑來跑去，和村中的孩子一起遊玩，過著快樂無憂無慮的童年日子。

「朱點！在這邊呀！」幾個差不多的男孩子叫著朱點。

朱點看了看周圍，對著向自己喊叫的男孩子喊道：「別跑！我要去把你們抓起來！」朱點一喊完，拔起腿開始跑，速度快到周圍的孩子們邊尖叫邊逃跑；這是村里孩子最愛玩的鬼抓人遊戲。

「哇啊！」幾個男孩邊尖叫邊被朱點抓到，一群孩子笑得非常開心。

「朱點！你跑得好快啊！」留著平頭的男孩邊喘著氣邊說著。

留著鼻涕的另一個男孩說著：「朱點，你、你的速度太快，玩得好刺激！」鼻涕男孩邊擤著鼻涕邊結巴的說著，說完後對著朱點傻笑，似乎玩得很開心。

「是呀！朱點你好厲害唷！」綁著雙馬尾的小女孩也誇獎著朱點。

「我也玩得很開心，你們大家的速度也很快呢！」朱點笑笑的說著，滿臉帶著開心的笑容。

朱點從小跟著這幾個孩子一起長大遊玩，每天見面就像是親兄弟姊妹一樣，這讓朱點的童年生活過得非常的充實，絲毫也不會感到寂寞。

這天下午朱點和幾個孩子在村莊的山腳下玩，來了另一個村莊的幾個孩子。外來帶頭的一個十來歲男孩大聲問著：「唉！你們這些骯髒的孩子！有沒有膽跟我們一起到山中的森林？」問完後鄙視的眼神瞪著朱點等人。

「山中的森林？」雙馬尾的小女孩搖搖頭說著：「那邊不可以去喔！因為長老說有妖怪會出沒，所以有神官大人設下的結界……」

「囉嗦！」大男孩不客氣的推倒了小女孩！

小女孩被推倒後，開始啜泣著：「嗚嗚！你們怎麼可以這樣……」

「現在我們就是要去看看那個神官的結界，已經和我們村里的孩子誇口說要去摸一摸結界，怎麼可以不去看看呢？」大男孩狂妄的笑著說：「如果不帶我們去也沒關係，我要回去和其他村的人說你們村生產的青菜和米很難吃！就不會有人來買了喔！」說完後，和一起來的幾個男孩大聲笑著。

「你們怎麼可以這樣。」朱點瞪著男孩們說著，似乎不太高興。

大男孩有點被嚇到，但是仔細看發現朱點還只是五歲左右的孩子，比起來還矮了一截咧！雖然有些恐懼朱點的眼神，但是仗著人高馬大，膽子又大了許多。

「什麼眼神？不服氣嗎？」大男孩說著，走到朱點前面：「如果怕的話，你們就帶我們到附近就好，結界我們摸完就走，這樣可以吧？」大男孩笑著擺擺手：「當然啦！如果不帶我們去，我們回去說你們村的東西難吃，沒人來買就別怪我們啦！」

迫於無奈，朱點和村里的孩子互相看了看，似乎沒有別的辦法。

一群孩子慢慢往山中的森林邊界走去，走去的路程需要一點時間，不知不覺已經下午了，再走下去回程可能要拖到黃昏；朱點走到了大男孩面前，必需要警告時間拖到黃昏會很危險。

「再走下去很危險，回程的可能會拖到黃昏。」朱點很嚴肅的說著。

「危險？哈哈哈！……」那群大男孩們嘲笑著，領頭的大男孩從腰間抽出了一把短刀：「怕什麼？這是我們在別的村拿到的短刀，出現什麼就刺下去！你們可不要嚇到尿褲子啊！」又是一陣嘲笑，大男孩們強勢的氣焰和狂笑聲再再的刺激著這片安靜的森林。

又走了一段路，朱點等人早就被半強迫的逼著來到了村里所不允許進入的森林深處。

一種異樣的壓迫感，刺激著朱點，說不出口的沉重氣壓，讓年紀僅有五歲的他也能理解，這是不平常的磁場地帶。

遠遠的幾棵大樹，上面綁著奇怪的白色繩子，樹上貼著符咒，旁邊也有著奇怪的石堆；朱點等村里的孩子並不想靠近，空氣瀰漫著會讓人頭皮發麻般的感覺。

朱點問著大男孩：「看到這裡就可以了吧？我們可以回去了嗎？」

幾個別村跟來的大男孩們，彼此看了看也不太想靠近。其中一人也說著：「喂！這裡聽說是以前的高僧設下的結界，我們還是快點離開吧！反正我們也看過了，趕快走吧……」話還沒說完，就被短刀男孩推倒！

「膽小的傢伙！這樣還想成為武士嗎！」帶著短刀的大男孩走近結界旁的石頭堆：「原來是這裡啊？我看把石頭也帶回去好了。嘿嘿！」短刀男孩邊嘿嘿笑著，邊把結界的石頭堆上石頭拿起來。

「住手！」朱點趕緊出聲阻止！短刀男孩拿起了畫有符號的結界石頭。

「怕什麼啊？只是個石頭啊！」短刀男孩將石頭往上輕輕拋了幾下，放入了口袋：「這樣那些私塾的混蛋們，應該不會再瞧不起我們了吧？」短刀男孩往周圍望了望，眼神停在了看起來十分牢固的白繩子上。

「嘿嘿嘿，難得來了，不試試看短刀的鋒利度，太可惜了。」大男孩邊自言自語邊抽出了腰間的短刀，不懷好意的看著粗大的白繩子；緊張的感覺讓大男孩額頭的冷汗順著臉頰慢慢流下，手心也充滿著汗水。

朱點看到了抽出的短刀，知道了大男孩的心思，緊張的喊著：「千萬不要！那是村里的結界封印啊！」朱點邊說邊想衝過去，卻被其他村落的四五個大男孩緊緊拉住！

「嘿嘿嘿。」大男孩舉起短刀大喊一聲：「喝！」白繩子抵擋不住銳利的短刀，應聲斷掉！

白繩子斷掉的瞬間，突然從森林深處吹來了一陣詭異的強風！附近的鳥類發出了拍翅飛走的聲音，有幾個年紀小的孩子馬上被吹倒跌落在地上；強風吹完後，周圍寂靜到聽不到任何蟲鳴鳥叫聲。

一片寂靜，除了這幾個孩子的呼吸聲，附近連風聲也沒有。

短刀男孩四處張望，轉過身對著大家說著：「什麼都沒有嘛！看來可以回去了。」一邊說邊舉起雙手，一臉無所謂的表情。

朱點突然打起冷顫！看向了繩子斷裂的森林深處方向，有一群物體快速的衝向朱點的方向！等到朱點反應過來時，發現是一群嘴裡長著尖牙像是猴子的怪物！

「哇──」所有孩子都看見了！一群怪異外型的猴子就停在短刀男孩的身後！

「後面！後面啊──」別的村落的孩子嚇得發抖，朱點村里的孩子年紀比較小的嚇到哭了出來！

短刀男孩轉過身時也嚇到了！不自覺的退後了幾步後大聲喊著：「快逃啊！」聽到了短刀男孩的聲音，其他村落的孩子也嚇得轉身往後跑！

猴子向朱點等孩子衝了過來！比起年紀較大的幾個別村大孩子，朱點等人年紀最大也只不過六、七歲啊！

「咕嚕咕嚕……血啊！孩子的血好吃……」猴子怪物發出了難聽的聲音，群體對著朱點衝了過來！

「嗚嗚！」「媽媽！」「痛痛——」年紀小的孩子尖叫著被猴子怪物撲倒，有的孩子被咬到血噴了出來；朱點的力氣就算比同年齡孩子大，面對被三隻怪物強行壓在地上，也只能痛得大叫！

幾個年紀小的孩子聲音漸漸微弱，朱點望向雙馬尾小女孩的方向……

雙馬尾小女孩的手無力的垂在地上血泊中，微微地顫抖，以及被怪物撕咬時往上彈了起來又落在地上；不遠處也傳來了幾個別村大男孩的慘叫和哭聲。

怎麼了？大家發生了什麼事情？

朱點想到前一陣子，雙馬尾女孩子蹲在死掉的小狗身邊哭著，大家圍在她身邊安慰的記憶。

「死掉了……媽媽說知吉死掉了……」小女孩哭著。

死掉是什麼？別的孩子議論紛紛，比較大年紀的孩子解說，死亡就是不會動也聽不到、看不到，慢慢的腐爛掉。

模糊的雙眼中，朱點知道好像要死掉了，和大家一起，莫名其妙的被怪物咬死嗎？朱點突然內心深處一陣悸動！看著悲慘的同伴們，朱點內心升起了一陣說不出來的感覺！

「咚叱——」朱點內心像是發出了強烈的震動聲！全身的力量慢慢的集中到了朱點身上！

「啊——」朱點拱起身！左右手憤怒的各別抓住還在咬著朱點身上血肉的怪物頭部，用力的一瞬間！兩隻怪物的頭顱硬被朱點捏碎！發出了難聽的「啪啵」硬物破裂的聲音！

「嘶嘶嘶，吾的孩子啊！汝終於覺醒啦！」朱點的頭腦內就像被一團黑色的暗影給直視著，那群暗影發出了像是蛇的嘶嘶聲外，同時還有好幾對發出紅光的眼睛。

朱點發現，周圍的怪物像是縮小了半截，幾個怪物看著朱點，接著群體撲向朱點的身上！瞬間數十隻猛咬著朱點，朱點卻一點也不會感覺到痛；朱點抓起了一隻怪物，用力往遠處拋去！被拋走的怪物飛到了一棵大樹上發出「啪機」的斷裂聲，動也不動的倒在樹下。

怪物像是有默契一樣，分成兩邊開始抓著朱點的左右手咬著！朱點毫不在乎的抓起一隻咬著朱點鼻子的怪物，用力往下砸！怪物像是豆腐一樣，兩隻眼睛被擠出噴到了朱點臉上。

沒幾下子，憤怒的朱點又踩又壓，怪物損失了一半以上的夥伴，開始四處逃竄；有一大批怪物害怕的跑向了森林深處，也有受傷的怪物在地上爬動時，被朱點狠狠地踩碎！

「不要過來！救命啊！」不遠處傳來了呼救的聲音！

朱點順著聲音趕去時，發現是拿著短刀的大男孩，正跌坐在大樹旁揮舞著短刀，被三隻怪物圍著：「走開！不要過來！」雙腿不停的發抖，尿液也隨著強烈的顫抖不停的流到了地上。

朱點大手一揮！兩隻怪物瞬間被拍爛掉！另一隻轉過頭看向朱點的同時，發出了難聽的聲音：「鬼……汝是鬼童子……」還沒說完，朱點雙手用力抓起怪物，狠狠的往中間擠壓！

「咕嚕咕嚕……鬼童子，鬼童子……」慢慢的，壓力到了中心點，發出了「噗嘰啪嘰」的聲音，最後怪物被擠壓到變成一團爛泥。

「哇！怪物！」短刀大男孩用力往朱點的方向丟向短刀！

短刀插到了朱點身上後，朱點也慢慢的失去了意識。

＊

朱點再次醒來時，自己在在空蕩蕩的房間內躺著；身上的痛楚非常強烈，同時朱點發現身上傷口已經被包紮好，口乾舌燥卻又感覺全身無力。

朱點爬起身，想要喝點水時，這時才注意到外面傳來吵雜的哭聲伴隨著憤怒般尖叫聲。

「給我滾！把鬼童子交出來！」一位男性大吼著！

「還我孩子！還我孩子啊！」哭泣的女性聲。

朱點打開門，發現自己家門前已經圍滿了憤怒的村民！

小九跌坐在旁邊哭泣，徹郎滿身是傷的跪在地上，旁邊的村民還是不停的對著徹郎拳打腳踢！

「朱點，朱點絕對不是鬼的孩子！他只是個普通孩子啊！」徹郎邊說，又被村民打了好幾拳！

「隔壁村的商隊孩子們都說，是朱點帶他們去結界那邊的，還說是朱點要變成怪物吃掉他們；帶頭的孩子還說，他親耳聽到怪物說朱點是鬼童子！」大吼的男性，朱點認出了他，正是雙馬尾女孩的父親。

「死刑！把鬼童子燒死！」憤怒喊叫的是朱點朋友的父親。

雙馬尾女孩的母親哭喊著：「我們村里就只剩這個可恨的鬼童子還活著，還我們所有人的孩子命來！」喊完後，癱軟在地上，被其他村民扶著不至於暈倒在地上。

「噫！」突然有人發現朱點出現在門口，發出害怕悲鳴的同時，所有人都倒退了好幾步！

那是恐懼和憤怒的眼神，朱點完全不懂為何大人們要這樣看著朱點。

「朱點！」小九趕緊衝到朱點旁邊抱著朱點：「朱點乖，你乖乖回去躺好。」小九滿臉都是眼淚，卻還是強忍著淚水擠出笑容：「等等母親就幫你準備晚餐，你好好的躺著喔！父親和母親和大家說說話，馬上就好。」朱點撫摸著小九臉上的眼淚，不知道母親為何哭泣。

「燒死鬼童子！」幾個村里憤怒的壯漢，拿著粗繩想要接近朱點，卻被跪著的徹郎擋住！

「誤會！絕對是誤會！朱點不是鬼童子！」滿臉是傷的徹郎，不顧拳打腳踢，仍然要護著朱點。

「徹郎啊……」村中的鐵匠舖老爹說著：「所有活下來的別村孩子都有指

證，朱點當時外表變成了高大紅色的鬼，頭上有著鬼角和鬼牙，力量大到可以捏碎被封印的餓鬼啊！」老大咬著牙，心一橫：「徹郎！交出鬼童子讓所有孩子可以安息啊！那些孩子說不定也是被鬼童子咬死的啊！」

「老爹！老爹啊！他是我的孩子啊！」徹郎大吼著！

老爹可是從小就照顧自己像是父親一樣，現在的老爹是要徹郎交出朱點的命啊！徹郎雙手搥著地上：「朱點、朱點可是我的孩子啊……」徹郎可以忍受拳打腳踢身上的痛，如今發自內心的痛，讓徹郎的眼淚滴到了地上。

一個鬼童子，不但引誘別村的孩子去弄壞結界，還同時讓村中大部分的孩子一起被餓鬼活活咬死！那一雙雙充滿希望的眼神，如今村子內已經看不到了；無論為孩子報仇還是除掉威脅，朱點都非死不可，更可以讓無辜的生命獲得安息。

鐵匠鋪老爹命令壯漢先抓住徹郎：「先抓住徹郎！」再拖下去，徹郎很可能會先被憤怒的村民活活打死！別村的商隊孩子也死了好幾個，不交出朱點村子的未來也岌岌可危啊！這麼貧弱的農村，沒有商隊交流可是會活活餓死的。

「小九！朱點！」徹郎大喊著：「快帶著朱點逃啊！快啊！」還不等徹郎

喊完，小九也已經被村民壓倒在地上！

「朱點！快走啊！」小九哭喊著！朱點看著父親和母親被這樣對待，似乎有一股憤怒的力量又慢慢充滿了全身！

「放開母親大人和父親大人！」朱點的瞳孔慢慢出現了變化！那是種憤怒的眼神，瞳孔和眼白閃爍著金色和紅色的光芒，充滿著殺氣！小九看到那個眼神，內心瞭解了，那是那天夢裡的白衣武士，所以大蛇和白衣武士是真的存在！

那麼，朱點絕對不是人類的孩子……

「放開！放開母親大人和父親大人！」朱點又憤怒的大吼一聲！似乎內心的那種憤怒感又要爆炸了！村里的壯漢拿著繩子慢慢靠近朱點……

「給我通通住手！」人群後方傳來一聲充滿威嚴的怒吼。

村民讓開了一條路讓那人慢慢走到了朱點面前，朱點也看向了走來的人：來的人留著很威嚴的白鬍子，是一個沒有頭髮，身上穿著奇特衣服的老人。

「通通給我住手，再繼續下去會引發不可收拾的後果。」老人摸摸垂到胸口的白鬍子，看著朱點說著。

「白毫大師，那你說該怎麼辦？」村里的村長老人問著。

「白毫大師？那個被朝廷尊敬的白毫大師嗎？」村里人一陣騷動，白毫大師的名聲和地位完全不輸給武士和貴族啊！

白毫大師看看朱點後，對著抓著小九和徹郎的村民說著：「放開朱點的父母親，不然後果真的會很嚴重。」

村人互相看了幾眼，放開徹郎和小九的瞬間，兩人都趕緊跑到了朱點身邊，三人就躲在白毫大師後方。

「老朽已經修復好村里的結界，也已經將殘留在附近的餓鬼趕走，以後眾人就別再靠近那邊了。」白毫大師對著村人說完後摸摸鬍子，看向朱點：「這孩子已經在這邊待不下去了，老朽要帶這孩子前往白毫寺出家。」

「出家？那麼不就沒辦法再見面了……」小九緊緊的抱著朱點，眼淚不停的流下來；徹郎也明白，就算今天朱點逃過一劫，也沒辦法再繼續生存下去，別村商隊的人肯定也會要朱點的性命。

逃離死刑，只剩下出家這一條路了嗎？至少朱點還是跟著聞名天下的白毫大師，或許還有未來吧？

那一日，朱點的命運大大的改變，成了白毫寺的稚童。

酒吞童子（二）魔化之章

「南無南無……」朱點戴著斗笠，在熱鬧的村中化緣。

那一年來到了白毫寺，朱點還只是五歲的孩子；一轉眼時間已經過了十年，現在的朱點被命名「守典」，希望能夠守住白毫寺的經文藏典，同時也有著希望朱點能夠遵循禮教的意義存在。

十五歲的守典，已經是個帥氣又健壯的美男子，若不是在白毫寺當和尚，或許會很受這個熱鬧城鎮的千金小姐們歡迎也說不定。

「南無南無……」守典專心的唸完經文，將化緣來的金錢放到身上的小包內，專心的走回白毫寺。

這十年守典聰慧的天分讓守典學習到了無上智慧經文，甚至也修習到了很多祕法基礎，但是心境如水的守典只想著如何在白毫寺平靜的生活，完全沒有其他想法。

在默唸著經文的同時，守典似乎聽到了呼救的聲音；雖然很細微，但是守典確實有注意到，在山坡下的一條大溪方向有個細微的女性在求救的聲音！守典不顧一切向大溪的方向快速跑去！

「嗚！救命，嗚……」大溪的中央有個女孩子浮浮沉沉，快要沉下去了！溪水的水流有許多的漩渦，再加上溪水有時會暴漲，速度快到許多人根本不太想靠近。

守典快速的游向溪水中央，抱起了已經失去意識的女孩，往岸邊游去。已經溺水的年輕女孩，毫無意識的躺在溪水邊。

守典這時才發現，眼前的年輕女孩子非常的漂亮，年紀似乎也和守典差不多，這讓身為和尚的守典有點心亂；守典立刻驚覺不能再拖下去，口中唸著經文定下心後，開始對年輕女孩口中吹氣急救著。

「咳咳……」年輕女孩將水吐出來後，這時候才虛弱的看向守典：「是您救了小椿嗎？」

「不敢說救，我只是做了應該的事情而已。」守典看著眼前的年輕女孩子：「怎麼會掉落在溪水中呢？」

「唉嘿嘿！小椿不喜歡一直被關在家裡，所以今天偷偷跑出來玩，看到這邊安靜旁邊又有很多漂亮的花，一不小心就掉到溪中了。」自稱小椿的漂亮女孩，這時候才注意到這個和尚是個臉蛋標緻的美少年！一想到美少年救了自己，小椿的臉也紅了起來。

「那麼，沒事的話我要告辭了，請您小心一點吧！」守典站起身，打算回去。

小椿緊張的問著：「等一下！我是小椿！請問您的名字是？」

「守典，是個修行者。」守典禮貌的回應著。

「等等！」小椿站起身，右腳突然傳來一陣疼痛：「痛！小椿好痛喔！」

小椿低下頭看，發現自己的右腳裸腫起來了。

「沒事吧？」守典也發現小椿受傷：「妳家在哪裡？我送妳回家吧！」

「謝謝！小椿很開心！感謝您……守典大人。」

守典背著小椿，小椿在守典的背後偷偷露出了害羞的笑容。

接下來的日子，小椿都會故意溜出來跟著守典見面，通常都是守典化緣完回白毫寺的路上，和守典一起聊天遊玩；一開始守典並不習慣，但是幾次相處下來，守典的內心出現了不一樣的感覺；兩個都是十幾歲的大孩子，再加上守典的帥氣外表以及小椿漂亮又溫柔的外表，讓兩人越來越喜歡和彼此在一起。
那是一種很溫暖、很祥和，又很讓人輕飄飄的心情。
這天，又到了小椿來找守典玩的日子。
「守典！你化緣回來了嗎？」小椿滿臉微笑的對著守典揮手著。
「小椿，今天也來了嗎？」守典也是微笑著和小椿打招呼。
「守典！快點過來！」小椿高興的拉著守典的手：「這個東西給你看看。」
守典看到小椿帶來一大包東西，打開來後愣住了。
包包內是很漂亮的女性服飾，看起來並不便宜；還有一頂烏黑亮麗的黑色長型假髮。
「快換上去吧！」小椿笑嘻嘻的說著：「每一次我們見面不是都要擔心你和尚的身分嗎？現在你換上這身衣服，一定認不出來的。」
「可是……」守典猶豫著，呆愣著不曉得該怎麼辦。
「不要拖拖拉拉的，今天晚上鎮上有廟會和花火大會，你要陪小椿一起去看唷！」小椿邊微笑邊開始幫守典換上女性的衣服。
一轉眼，戴上假髮和穿上女性服飾的守典，瞬間變得十分的亮麗，完全看不出原本和尚的樣子，原先守典穿的衣服就放在大樹下方藏了起來。

「唉嘿嘿！我們走吧！」小椿開心的牽起了守典的手。

＊

「真的好熱鬧唷！」小椿露出了笑容。

守典穿著女性的服裝，和小椿一起開心的逛著廟會。

今晚是鎮上神社祭拜的大日子，各種夜市的小吃和遊戲野台佈滿在神社外面，守典原先緊閉的心門一點一點的被小椿給瓦解；當年父母親的淚水、白毫寺的嚴格生活，以及被守典冰封起來的熱情，正快速的融化。

「來這邊！」小椿毫不在意的牽起了守典的手，一股暖流流到了守典的心窩：「我看到那邊有人在賣面具唷！」小椿和守典小跑步來到賣面具的攤位上。

「是狐狸面具耶！」小椿開心的戴在臉上：「小守你看！是不是很可愛呢？」

「小守？」守典一時會意不過來，馬上注意到小椿是故意這樣叫他，守典點點頭：「是啊！真的非常可愛。」

小椿拿下面具，微笑時的小虎牙讓守典有種心跳加速的感覺。

小椿指著河邊的船屋，笑笑的說著：「今晚小椿有預訂船屋唷！我們到河中間去看看花火吧！」

「船屋？那不是很貴嗎？」守典問著。

小椿笑笑的搖搖頭：「不用介意！我平時有把父親大人給我的零用錢存起來，今天才可以訂下船屋到河中間去看花火的唷！」小椿又拉起了守典的手：「快點！我們趕緊到船屋上吧！不要錯過花火的時間了唷！」

小椿和守典兩人開心的到了船屋上後，船屋上的船夫慢慢的划出了熱鬧的岸邊，兩人到了船屋中的一間房間。

「來吧！守典一起吃吧！」小椿拿出了早就準備好的便當，將便當放到了守典面前。

有著五層段落的豪華便當盒，裡面有著豐富的花壽司以及看起來十分豪華的天婦羅，小椿開心的對著守典說著：「這些便當料理是我早上出門時請後婆婆幫我準備的唷！」

「好豪華的便當……」守典問著小椿：「誰是後婆婆？」

「後婆婆嗎？」小椿夾起了一個黃瓜捲，放到嘴中後，開心的說著。

「後婆婆是我們家的幫傭，從小就很照顧我；因為她管理著家裡後院的所有事務，所以我都習慣稱呼她後婆婆呢！」小椿夾起了天婦羅的炸蝦，拿到了守典面前：「小守！說『啊——』」

「我不能破食肉戒……」守典還沒說完，炸蝦已經被被小椿一口塞到了守典嘴中！

小椿微笑的問著：「好吃吧？」

守典吞下炸蝦後五味雜陳，比起味道的好壞，破戒的罪惡感更是強上了許多倍。

小椿看著守典，緩緩的說著：「聽小守說過你是從小被帶進白毫寺的，我想以後是否要離開寺廟成為武士，應該是由你自己決定的喔！如果什麼都不做，就決定了你繼續當僧侶的人生，小椿想對你來說是很不公平的唷！這樣小守懂嗎？」小椿問完後，張著大大的眼睛看著守典。

看著小椿的眼神，守典有點害羞的點點頭。

小椿年齡和自己相近，又漂亮迷人，也是第一位和自己那麼親近的朋友；守典的心理又再次起了一陣漣漪。

「對了！小椿有準備梅子酒唷！」小椿開心的拿出了一瓶梅子酒。

「呃！小椿妳從哪邊拿出來的呢？真是太厲害了。」守典拿起了茄子天婦羅，邊吃邊問著。

「是魔法唷！」小椿打開了梅子酒，倒在了兩個杯子中：「開玩笑的唷！小椿很早就將便當和梅子酒放在船屋的商家那邊，剛剛才取來想要和守典一起喝。小守，給你！」小椿拿起一個酒杯，遞給了守典。

守典原先很猶豫，是否要破飲酒戒；但是想一想，瞬間覺得或許依照小椿所說，離開寺廟成為武士的人生或許更加有意思吧？

看著笑容燦爛的小椿，守典一飲而盡。

酒的滋味彷彿從胃中鑽到了全身上下的毛細孔一般！在勁辣的過程結束後，有一種輕飄飄又充滿著暈陶陶的感覺襲捲而來！守典看著空杯子，彷彿喜歡上了這樣的感覺。

「砰！」「砰！」船屋外傳來了花火的聲音。

「小守快看！外面的花火開始了唷！」小椿和守典來到了船屋的窗邊。

花火為了安全，都會在河邊像河中間的夜空方向施放，比起人擠人的廟會，花火在河中間欣賞更是清楚；散開的花火在星空中形成一幕又一幕的美麗畫面，讓小椿和守典兩人的手緊緊握在一起。

兩人的命運，從這一刻起緊緊的纏繞在一起。

＊

過了一段快樂的時光，這天是守典下定決心的日子。

「天氣好熱呢！」小椿拿起手帕擦了擦汗，頂著一個斗笠跟在守典後面走著。

守典看了看小椿，指著前面的大樹說著：「到前面的樹蔭下休息吧！」說完後，從腰間拿起了葫蘆水壺，遞給小椿：「小椿，我這邊有水，要喝一點嗎？」

「小椿等等到樹下再喝吧！」小椿微笑的回答。

兩人走到了大樹下，守典從包袱內取出了一塊布，放到了地上。

「呼！真的好遠、好熱唷！」小椿坐到了布上，從守典手中取過了水壺，喝了一大口後看著遠方的山坡，臉上帶著微笑。

兩人見面原本必須要偷偷摸摸的，畢竟守典是和尚身份卻和小椿那麼親密，真的不太適合世間人們的眼光；就算兩人去鎮上，守典也要化妝穿起小椿給的女裝，這讓守典和小椿中總感覺有一道隔閡阻礙著兩人。

今天守典奉命將白毫寺的部分經書拿到另一個山上的寺廟，來回需要整整一天的時間；小椿知道後卻一定要跟著守典，雖然守典怕小椿會累想要拒絕，但是看到小椿既期待又高興的表情，守典也只能勉為其難的答應了。

此刻平靜的微風吹著，讓守典和小椿都享受著寧靜。

那是一種內心中的寧靜，彷彿隔閡都消失了，沒有世間的眼光也沒有紛擾，只有這對年輕的小情侶。

守典望了望遠方後，對著小椿微笑著說：「這次回去，我想等白毫大師回來後，向大師提出我想要還俗的心願。」守典微笑著說完後，拿起葫蘆喝了一口水。

「真的嗎？」小椿斜著頭看著守典：「還俗後呢？有什麼打算嗎？」

「我想成為武士，一輩子守護妳。」守典望著遠方，回過頭看向小椿，發現小椿竟然哭了。

「怎麼了嗎？」守典有些慌張的問著小椿，小椿卻只是搖搖頭，這讓守典更加的著急：「我沒有說錯什麼吧？怎麼哭了呢？」小椿這時用手擦了擦眼淚。

「守典沒有說錯話，是小椿太開心的關係。」小椿將眼淚擦乾後，露出了微笑：「小椿最喜歡守典了唷！」小椿開心的抱著守典。

微風徐徐吹來，這是開心的眼淚。

＊

兩人回到鎮外郊區時，似乎天色已經暗了，兩個人拿著燈籠慢慢的想走回鎮上去時，突然旁邊的樹叢閃出了幾個身影。

在那一瞬間，守典似乎察覺不太對勁，馬上擋在小椿的前面，提防著那幾道黑影。

「怎麼了嗎？」小椿沒有發覺，滿臉疑惑的看著守典。

「嘿嘿嘿！沒想到這個時間在鎮外還有這樣的女人啊！」黑影傳來了不懷好意的笑聲，緊接著從樹叢方向走來了拿著武士刀的男人，數一數竟然有六個人。

「呀！」小椿嚇得躲在守典身後，這幾個男人邋遢又帶著渾身酒氣，看起來絕非善類。

守典雙手合十，禮貌的說著：「幾位武士大人，不知道有什麼事情嗎？」

幾個男人互相看了看，大聲的笑著：「哈哈哈！你聽到了嗎？這個和尚說我們是武士大人啊！哈哈哈！」其中一位臉上有刀疤的男人笑著說：「喂！和尚！我們幾個早就已經沒有主人了！我們比起武士，可能更加危險喔！哈哈哈——」刀疤男人邊笑，邊抽出了武士刀。

從武士刀的冷冽光影中，守典感受到了濃濃的殺意。

刀疤男人舉著武士刀：「我們對你這個和尚沒興趣，把你身上的錢留下來就滾吧！只是你身後的女人嘛……唉嘿嘿嘿！」這一群男人又笑了起來：「要留下來伺候我們幾人！」

「嗚嗚……」小椿臉色變得鐵青，只能發抖躲在守典身後。

這樣的世道，受過訓練的墮落武士可能比起盜賊或是低等妖怪還要來的有威脅性：失去信念的武士沒有了崇高的理想，有的只是血腥和殘忍；再加上從小鍛鍊的劍術和武術，可以把殺人當作日常生活般簡單，走向著墮落之道。

守典臉色一暗：「如果，我說不願意呢？」

「什麼！」刀疤男人愣了一下，舉起武士刀喊著：「放肆的東西！看我們砍了你！」幾個武士一起拔出武士刀，團團圍住守典和小椿！

其中一位矮小的男人喊著：「老大！要小心別砍到女人啊！」

「那當然啊！」刀疤男人邪笑著說：「等等帶到廢棄的宅邸，好好的享受一下啊！」刀疤男人似乎非常興奮，用舌頭舔了武士刀的刀鋒：「我的刀也開始興奮啦！」

高瘦的男子突然說著：「喂喂喂！至少等我們爽完再砍女人好嗎？前幾次老大你砍完後我們都沒有享受到啊！」高瘦男子走到了守典的正前方看著守典：「老大想砍人就砍和尚吧！砍完和尚後，女人不准砍啊！」

守典緊張的瞪著這六個人，思索著該如何突破這六個墮落武士……

「和尚我的啦！」刀疤男人大喊一聲！興奮的舉起武士刀衝向守典！

守典一個轉身，瞬間將刀疤男人踢倒在地！刀疤男人倒地的瞬間，其餘人也衝向守典！

高瘦男人大罵：「你這可惡的傢伙！」衝向守典的瞬間，也被守典用手肘撞向高瘦男人的臉部，高瘦男人悶哼一聲後倒在地上。

「給我上！通通一起上！」刀疤男人起身後大喊著！所有人舉起武士刀對

著守典砍去；守典左閃右閃，卻發現有一刀的攻擊閃過會砍到小椿！不得已的情況下，守典的胸前中了一刀！

這一刀讓守典的胸前噴出了鮮血！大量鮮血像噴泉般噴像四周，也噴到了小椿臉上……

守典硬生生的倒在地上，鮮血染紅了土地。

「守典——不要啊——」小椿邊哭，邊被矮小的男人一把抱住！

小椿哭喊著：「放開我！我要去找守典！守典、守典！」硬被抱住的小椿，不停的左右搖晃掙扎，卻仍被矮小男人抱得緊緊的！

高瘦的男人爬起身，摸了摸流著血的額頭：「這個可惡的和尚，竟敢這樣對待本大爺！」高瘦男人拿起武士刀走到守典面前，舉起了武士刀朝著下方。

「小椿……」守典虛弱的自言自語著。

高瘦男人無情的將刀刺向倒在地上的守典！「噗滋」一聲，守典的背後也噴出了鮮血！

「守典——」小椿大聲哭喊著！這些無賴武士卻都大聲笑著。

高瘦男人吐了一口唾液到守典身上後，走到了小椿面前。

「就在這和尚的面前脫下衣服吧！」高瘦男人用舌頭舔了一下嘴唇：「還是說，妳也想滿身是血的躺在地上？」說完後，邪笑的看著小椿。

「不要——」小椿哭喊著，卻被高瘦男人粗魯的撕開衣服，被幾個男人壓倒在地上……

是血還是淚？睜開著瞳孔卻沒有呼吸的守典，瞳孔中映著小椿的哭喊臉龐。

＊

「無眼耳鼻舌身意，無色聲香味觸法。」黑暗中，有著聲音唸著。

「無眼界，乃至無意識界。」守典接著唸著。

守典睜開眼睛一看，眼前是個帥氣的白衣武士，正笑笑著望向守典看著。

「這位武士大人，請問閣下是？」守典禮貌的問著，同時往四周看，卻發現四周一片黑暗，只有眼前的白衣武士像是發著光一樣，這讓守典只能一直盯著白衣武士看著。

白衣武士笑著：「汝所遵從的佛法，是選擇離世間求解脫的，這是對於人類而言，無上至寶無誤。」白衣武士說完，冷笑了一聲後繼續說著。「對於汝而言，有需要這樣的解脫法嗎？」

「我不懂閣下的意思。」守典愣著，不懂白衣武士的意思。

「汝不懂嗎？」白衣武士邊笑，臉上緩緩的變成了蛇的樣貌，漸漸成為一條擁有八個頭的大蛇！

「哇！」守典嚇了一跳！往後退了好幾步！

八頭大蛇八個頭同時望向守典，大聲的說著：「汝擁有吾的高貴之血！何須屈就於素盞嗚尊之後代！覺醒吧！將汝的力量，大大的發揮吧！」

「咚叱——」一陣悸動！由內心衝擊到了守典內心！

「我……我不懂閣下的意思！」守典雖然全身像是充滿了能量，卻完全不懂八頭大蛇的話。

「守典——」突然守典耳邊傳來了小椿的哭喊聲！

守典看著八頭大蛇像是要灼熱起來的八對眼睛，像是大夢初醒一般……

守典右手用力一捏！發現是泥土的觸感；鼻子內充滿著血腥的味道，口乾舌燥的守典連嘴裡都是血腥味。

這時慢慢恢復了視覺，眼前的景象卻是殘忍無比……

「換我啦！換我啦！」矮小的男人，正用著滿臉橫肉的下巴和下流的表情，邊流口水，邊磨蹭著躺在地上眼神空洞的小椿；高瘦男人正拿起葫蘆，大口喝著酒。

「舒爽，好久沒有這樣的極品了。」高瘦男人喝完酒後，對著刀疤男人說著：「這女人真的很不錯，老大別隨便拿去試刀啊！」

「放心吧！看來這幾天不會無聊啦！」刀疤男人邊說，突然驚訝的指著高瘦男人後方：「喂！看你後面！」

「嗄？」高瘦男人還沒反應過來，突然腹部一陣疼痛！突然從背後被一隻粗壯的手從背後貫穿腹部！

「嗚哇！」高瘦男人被舉到半空中！下一秒鐘狠狠的被撕成兩半！只剩半截身體的男人重重的摔在地上！腸子和鮮血噴的周圍都是！

「嗚哇——」還在痛苦叫著的高瘦男人，頭顱瞬間被用力踩爆！腦漿和眼珠噴到了刀疤男人的腳邊，刀疤男人臉色蒼白的尖叫著！

「怪物啊！」刀疤男人嚇得腿軟……

「呼、呼！吵什麼啊？」趴在小椿身上正在喘息的矮小男人一回頭，馬上被一隻粗壯的手舉了起來！

等矮小男人發現眼前是個高大的惡鬼後，卻已經來不及了！守典用力一捏，矮小男人的頭顱就像破掉了西瓜一般，鮮血和腦漿都噴到了地上！

「哇啊——」剩下的男人想跑卻來不及，一個一個殘忍的被守典虐殺；一片鮮血狼藉中，只剩下刀疤男人一個人坐在地上。

「哇啊啊……」刀疤男人雙腿不斷的發抖，想站起身卻無法控制自己的雙腿，起身又跌倒了好幾次，直到守典走到了刀疤男人的面前；刀疤男人一狠心，拿起武士刀捅向已經成為鬼的守典！

「噹！」武士刀瞬間斷成兩段！守典毫髮無傷。

守典舉起右手，猛力的朝刀疤男人頭砍下！像是切西瓜一樣，刀疤男人從頭中間到身體，變成了兩半！守典卻無法停下憤怒，用粗大的雙手不停打著刀疤男人的屍體！直到屍體像是爛泥一樣發出了「噗、噗」的聲音後，守典才停下手。

守典轉過身，抱起了已被蹂躪到渾身傷痕的小椿；小椿還有呼吸，卻已經不省人事，雙手無力的垂下……

就算小椿沒死，從眼神中看得出來，小椿的靈魂也已經死了。

「嗚哇啊啊——」

曠野中，傳出了已化為鬼的守典悲痛叫聲……

＊

小椿完全沒有了意識，無論如何治療都沒有再醒過來的徵兆；守典事後從傳聞中得知，小椿被粗魯的對待時，似乎傷到了腦部，一輩子沒有辦法再醒過來。

犯了殺戒成為了鬼的守典，離開了白毫寺，前往了大江山；一年後得知小椿死亡的消息後，也已經成為了盤據大江山的鬼頭目；也輾轉得知，故鄉的父母親實際上在當年自己離開後，兩年後就因為身體不適早就死亡了。

白毫大師當時故意隱瞞這消息，也是為了守典好，希望不影響守典；沒幾年，白毫大師也圓寂了。

人世間，沒有了守典的眷念，就此，開創了酒吞童子的傳說。

酒吞童子（三）大江山之戰之章

「呵呵……好美的月色呀！」一位妙齡少女在月光下開心的笑著。

「大小姐，我們快點回去吧！」旁邊的侍女說著：「已經這個時間了，再不回去，中納言大人會罵我們的！」侍女近乎懇求的說完後，拉了妙齡少女那套高級和服的衣角。

「住口！」少女甩開了侍女，大聲的說著：「我可是父親大人的千金大小姐，父親大人才不會罵我呢！」少女邊說，邊看著夜空：「阿柿妳看，今晚夜色這麼美麗，我們何不到船屋再請樂師來吟唱幾首歌謠呢？」少女說完後，慢慢往另一邊的河岸旁的小道走去。

「不可以呀！」侍女阿柿趕緊阻止：「已經這麼晚了，治安並不好，大小姐快點回去吧！」

「治安不好？呵呵……」少女笑了起來：「這裡可是平安京呢！在天皇陛下以及父親池田中納言的治理下，又怎麼會有盜賊呢？」

阿柿搖搖頭，臉色陰暗的說：「不只是盜賊，聽說還有鬼出沒呢！」

「鬼？怎麼可能？呵呵……」池田大小姐又笑了起來，笑聲中聽起來不但不相信有鬼的存在，更有著輕蔑的感覺：「就算鬼頭目酒吞童子要來平安京，也必須要突破平安京內上萬的軍隊呀！就算牠會飛也飛不進來呢！」池田大小姐已經沿著河旁的小道，來到了非常黑暗的地方。

「大小姐……」阿柿突然間一股涼意，緊緊的牽著池田大小姐。

「別怕，再一下下就可以到船屋了。」池田大小姐看著阿柿，覺得非常可笑。

「哎呀！真的有人不怕酒吞大王的名號耶！」黑暗中傳來了年輕女人的聲音。

「誰？」池田和阿柿緊張的問著。

從黑暗中，走出一位漂亮的年輕女人，身上的和服雖然亮麗，卻衣衫不整，右邊整個肩膀都露出來，看起來皮膚細緻又白皙；這漂亮的女人表情卻帶著非常冷酷的笑容，似乎極度不懷好意。

「嘖！是遊女嗎？大小姐我們快走。」阿柿拉著池田想要快速離開。

「遊女？那是什麼？阿柿？」池田還在一頭霧水時，兩人要走的面前閃出了許多高大的人影。

「茨木副首領，這兩個女人呢？」黑暗的人影說完後，看著阿柿和池田大小姐兩人。

「愚蠢的人類既然不怕酒吞大王……」茨木副首領笑了笑，舔了舔上嘴唇：「那就帶回去獻給大王吧！」茨木副首領伸出的美麗右手，瞬間變成了鬼手，朝向兩人抓去……

池田大小姐的尖叫聲劃破夜空後，又再度恢復了平靜。

*

平安京朝廷內，一條天皇正坐在位置上，看著坐在下方的一代名將源賴光；正四位下，春宮權大進，大內守護……等許多官職外，更被稱為「朝家的守護」；經歷過許多大大小小的戰事，劍術一流之外，更是弓馬都精通的武將。

然而年近七十的源賴光卻無法好好的過著平安的日子，這次會被找來，可見得朝廷內也沒有辦法了。

「余無法讓平安京如此下去。」一條天皇威嚴的說著：「許多年輕貴族和公主都相繼失蹤，余問了安倍晴明，得知是大江山的鬼頭目酒吞童子的禍害。」

「酒吞童子嗎？」源賴光摸了摸鬍子：「老臣也時有耳聞，這個酒吞童子刀槍不入，更是在大江山上組織鬼的巢穴，專門抓人吃掉並搶奪錢財；再此放任下去，會成為朝廷的禍害啊！」

天皇點點頭：「余聽聞在嵯峨天皇時代也有過類似鬼作怪的情況，但是當時有弘法大師出手封印住鬼怪，才不至於出現大禍；但是，安倍晴明殿下認為，此次的酒吞童子一定要文武兼備並能力出眾的武士才有辦法打敗，因此余希望，源賴光大將軍可以親自帶領「賴光四天王」之稱的渡邊綱、坂田金時、卜部季武、碓井貞光四位將軍，共同將酒吞童子擊敗。」

「老臣必定將酒吞童子的首級斬下！」源賴光的眼神冒出了熊熊烈火。

此次過去，不知會有何命運？武士能夠在戰場上結束生命，更是無上的榮耀！

＊

幾天後，源賴光在成相寺祭拜上天並寫了「追討祈願文」後，獨自一人來到了一處空地，夜色已經朦朧，只聽到有人在吹笛子的聲音。

那笛聲非常的優美，而吹笛子的人威風凜凜的站在一塊大石頭上，頭也不回的專心吹奏著優美的笛聲。

「不愧是『十月朧月』的藤原保昌殿下，隨時隨地都能夠一心一意的吹奏笛子，卻又讓人無法得知空隙所在啊！」源賴光笑著說完後，撫摸著鬍子。

源賴光會這樣說，也是因為藤原保昌武藝高強，膽識過人。

曾經在十月朧月的夜裡，藤原保昌一個人在荒郊野外吹著笛子，被笛聲吸引而來的一名盜賊看上藤原保昌的華麗衣服起了賊心，想要在夜晚裡襲擊藤原保昌謀取錢財；不料藤原保昌至始至終都不曾停下腳步，盜賊無從下手的情況下只好放棄。

同樣位居正四位下高官的名將藤原保昌，源賴光必須要仰賴他的能力。

藤原保昌停下了笛子，緩緩的說著：「陛下命令源賴光大將軍的事情在下已經知道。」藤原保昌邊說邊將笛子收起來：「不知道大將軍這次去掃蕩酒吞童子，會帶多少兵馬？」

源賴光微笑著說：「如果藤原殿下同意，在下和賴光四天王五人，加上藤原殿下，一共六人。」

「酒吞童子威名天下，且力大無窮還會許多妖法，手下也有著副首領茨木童子，鬼童子四天王：熊童子、虎熊童子、星熊童子、金熊童子，大將軍就只帶六人就夠了嗎？況且這些非人類的鬼怪，一直以來我們武士也都不太願意討伐。」

面對藤原保昌的質疑，源賴光大笑著：「在下身為武士，原本不太想牽扯這些盜賊鼠輩，更何況這些魑魅魍魎的東西，各處地方武士都可以誅之，何須勞煩藤原閣下？只是這次大江山掃蕩不同。」

「為何不同？」藤原保昌回過頭問著，發現源賴光的眼神散發出鬥氣。

「就算是武士不願意牽扯的鬼怪，只要危害朝廷和人民的威脅，就是國賊，我們武士更應該為民除害。」源賴光抽出武士刀，冷靜的說著：「大江山的巢穴有輝煌的宅邸「鐵之御所」，也有精銳的鬼士兵，更有著有指揮能力的鬼眾軍隊，面對這樣的敵手，已經不是可以和盜賊鼠輩等同視之，在下更相信這是一場戰役。」源賴光揮了一下手中的武士刀！大聲說著：「在下願在此立誓！不斬酒吞童子的首級不回京！」

「有意思！」藤原保昌大笑著：「就讓在下共同隨著大將軍，讓史官記下我們輝煌的戰役吧！」藤原保昌說完後，再次吹起了笛子。

這次的笛聲，將會是不可或缺的勝利因素。

＊

幾天後，六個人影在大太陽下走著。

「老爺子！真的很熱啊！」穿著武士服的年輕帥氣武士抱怨著：「陛下說要討伐酒吞童子，結果就我們六個人來，一路放出風聲不打緊，我們還刻意這樣繞了三座神社參拜……一來沒辦法出其不意攻擊，二來就我們幾人就想要直接打倒酒吞童子的鬼軍隊，怎麼想都很不可思議啊！」

「嘿！金太郎！老身從足柄山把你帶來，不是讓你和老爺子發牢騷的啊！」中年武士訓斥著。

「什麼！碓井殿下請別再叫在下金太郎！在下現在可是坂田金時，請不要叫乳名啊！怪難為情的。」金時瞪著被稱作碓井的中年武士。

碓井貞光一直以來都是賴光四天王中的名將。當年遵從源賴光的命令前往各地尋找強者而旅行，在足柄山找到了力大無窮又不拘小節的金太郎；金太郎的能力獲得了源賴光的欣賞，同時也成為了源賴光的家臣，改名為坂田金時。

金時又抱怨了幾句：「天氣這麼熱也不騎馬，反而晃了三個神社祭拜，累都累死在下啦！」

另一位壯碩的武士說著：「如果金時殿下真的想要騎馬，那麼在下有個建議。」

金時看著被稱為卜部的武士說著：「卜部殿下請講。」

卜部拿起葫蘆喝了一口水後說著：「當年聽說金時殿下靠著和熊進行相撲來鍛鍊武力，不妨到了大江山後，可以馴服一隻熊當坐騎如何？傳聞金太郎都是騎在熊上面，這樣子就可以利用熊坐騎來奔跑了。」

「這倒是個辦法……」金時突然恍然大悟：「卜部殿下是在尋在下開心的吧？在下和熊相撲是因為那是隻小熊，真要馴服大隻的熊，在下還能夠站在這裡嗎？」看著金時這樣說著，大家也都笑了出來。

四天王之首渡邊綱走到了源賴光的身邊，小聲問著：「老爺，在下記得沒錯，我們祭拜的是熊野，住吉和清水八幡三間神社，是有什麼樣的涵意嗎？」

源賴光點點頭：「在成相寺，安倍晴明殿下曾經告訴我，要打敗酒吞童子一定要先到這三處神社祭拜，神明會保佑我們的；也只有這樣，我們才有機會打倒酒吞童子。」

渡邊綱點點頭，之後沉默不語。身為四天王之首的他，年輕時就有著美男子的稱呼；祖先是源氏物語的光源氏的實際參考對象，渡邊綱也是個勇猛又英俊的名將；雖然與源賴光有著血緣關係，卻因為住在攝津國西成郡渡邊，後來也成為了現在日本渡邊氏的祖先。

「綱殿下，這次也要使用居合術嗎？」藤原問著渡邊。

渡邊摸了摸腰間的武士刀說著：「是的，既然要斬下鬼怪們的腦袋，用居合術應戰是再適合不過了。」

「鬼不是刀槍不入嗎？雖然居合術是劍術中的極意，總感覺還是不安心啊！」金時望向源賴光問著：「老爺子，是不是有什麼好法子啊？」

源賴光摸著鬍子，不發一語。

源賴光大將軍獲得朝廷的命令，率領賴光四天王以及藤原保昌六人前往討伐鬼童子的事情一路上都傳開了，每到一個村落鎮上就會武士加入，轉眼間已經形成了一千多人的軍隊，每個武士除了想要報仇血恨外，更不想要錯過這歷史的戰役。

前往大江山的路上，已經過了一半，這個一千多人的軍隊，再過幾日就要開始討伐酒吞童子；這一晚武士們就露宿在野外，圍著篝火看著金時和幾位壯漢比賽相撲。

金時大喝一聲「嘿呀！」瞬間緊抱著金時的三名壯碩武士，被金時拋了出去！

「好啊！金太郎殿下！這一手使的好啊！」武士們鼓譟著：「再來！再來挑戰四人吧！」被甩出去的三位壯碩武士悻悻然地回到篝火旁的座位上，緊接著又走出了四名壯漢。

「讓在下來會會天下知名的金太郎吧！」壯漢一點也不畏懼金時的盛名，似乎也想要挑戰一下。

金時笑笑的說著：「你們一起上吧！千萬不要手下留情啊！」

「什麼！少瞧不起人了——」四名壯漢朝著金時衝過去！四個人前後左右緊緊的抱住了金時的身體！

「在山中和熊相撲，在人群中也要像熊一樣嗎？」碓井看著喧鬧的金時，有點無可奈何的表情。

「哼！就隨他去吧！」卜部拿起葫蘆，大口的喝下一口水：「在大戰前夕還能這樣喧鬧，也就只有真正有膽識的武士才辦得到吧？」

隨著金時的喊叫聲，四名武士又被硬生生拋出去！四周的武士又興奮的鼓動起來……

在大樹下靜坐著的源賴光，卻不受到眾人的影響，只是靜靜的靜坐著；直到黎明升起，源賴光絲毫都沒有動身體一下。

突然一股濃郁的香氣飄了過來，源賴光感覺到了，睜開了眼睛。

時間尚早，武士們經過了昨夜的喧鬧，幾乎所有人都還在沉睡著；源賴光站起身，手上握著名刀「安綱」，警戒著往飄出香氣的方向走去。

「源殿下。」身後傳來了藤原的聲音，源賴光轉過頭，對著藤原使個眼色，要藤原不要發出聲音跟著自己走；眾人還在酣睡的同時，藤原和源賴光往香氣的方向走去，越走過去香氣就越是強烈。

走過了一片森林，眼前的景色讓源賴光和藤原驚訝到不發一語。

是一片充滿著盛開櫻花的樹林！香氣撲鼻的同時，更讓源賴光和藤原有一種安心的感覺；但是一瞬間讓源賴光更加的警戒，早已經過了櫻花盛開的季節，為何還會有這一片櫻花樹林？前幾日探子並沒有發現這片櫻花樹林，這片櫻花樹林等於是憑空出現的。

莫非是妖怪作祟？一想到這裡，藤原和源賴光互相看了一眼，手都放在腰間的武士刀旁隨時準備應戰。

「來者可是天下聞名的源賴光大將軍以及藤原保昌殿下？」一個爽朗的老人聲音傳了過來。

三個慈眉善目的老人，正在一棵大櫻花樹下微笑看著源賴光和藤原，其中一位老人擺出了請的姿勢：「請大將軍和藤原殿下來這邊說說話，請不用多疑。」源賴光和藤原跟著三位老人，來到了櫻花樹林後面的洞穴中。

兩人和三位老人開始喝茶聊了起來……

＊

到了中午時分，源賴光和藤原一起回到了眾人的身邊。

「啊！是老爺子！到底去哪邊了啊？」金時跑到源賴光身邊，發現了藤原在身後推著一車的罈子：「咦？那些罈子裝的可是酒？老爺子去買酒回來嗎？」

源賴光摸摸鬍子：「這些酒是『神便鬼毒酒』，是保佑我們出征順利的神仙所賜與給我們的。」源賴光邊說，邊將手邊的頭盔拿起來，頭盔隱約的散發出藍色光芒：「這是『星兜』，是擁有能夠不被鬼咬傷神祕力量的頭盔，有著這兩樣東西，就能夠破除酒吞童子的實力。」

藤原放下裝酒的木車，走到了源賴光身邊說著：「同時，熊野，住吉和清水八幡的神明大人，要我們兵分二路。」邊說，邊向來到源賴光身邊的賴光四天王說著神明大人的計謀。

源賴光摸摸鬍子說著：「若是我們採取千人大軍攻擊，只會讓鬼軍隊們四處逃竄，會有第二個大江山，第三個大江山出現；與其如此，倒不如……」源賴光小聲的說著，賴光四天王等人也點點頭。

源賴光解釋完後說著：「只要藤原殿下和我兩人帶著酒扮成旅人前往，一定不會起疑。」

渡邊有點憂心的問著：「只有老爺和藤原大人兩人，會不會太過於危險？」

「是啊！老爺子！至少讓我跟著您還有藤原殿下吧！」金時也附和著。

「絕對不可，要一舉消滅大江山的酒吞童子勢力，就一定要遵守神明大人的策略。」源賴光下定了決心，只有藤源和自己直接去拜訪酒吞童子。

千人的軍隊走向另一條山道，兩人繼續往大江山前進。

＊

源賴光和藤原和四天王分別後，又走了兩日，已經來到了大江山酒吞童子的勢力範圍內了；一路上兩人拉著一車的酒，就像是個酒商人一樣的打扮，任何人也不會想到眼前的兩位老人會是天下聞名的源賴光將軍和藤原保昌殿下。

來到了一條河邊，附近傳來了年輕女人的哭聲；現在仍然是下午的時間，應該不太可能是妖怪吧？但是在酒吞童子的勢力範圍內，又怎麼會有人類呢？源賴光和藤原朝著哭聲的方向前進。

正在哭的是個年輕女孩子，正在洗著沾滿血的衣服；源賴光仔細觀察，發現年輕女子洗的衣服非常的華麗，並不是一般平民的衣服。

源賴光走到年輕女子身邊：「妳在這邊做什麼？」

年輕女子看了源賴光一眼，雖然驚訝，但是又馬上哭了起來：「嗚嗚……小姐她，小姐她……」年輕女子啜泣到說不出話來。

藤原也說著：「姑娘，有什麼冤屈就說吧！我們是路過的酒商，聽說大江山的酒吞童子很愛喝酒，打算前去拜訪。」

年輕女子一聽，緊張的說著：「千萬不可！他們都是吃人的鬼啊！快點離開吧！」原來這個年輕女子，就是池田中納言家的阿柿。

池田大小姐因為一直不肯順從服侍酒吞童子，也不肯喝下有酒吞童子魔力的鬼酒，因此最終觸怒了憤怒的鬼眾，被活活的吃掉了……

阿柿洗的正是染了池田大小姐鮮血的高貴和服，被命令來到了河邊清洗。

源賴光聽了後，問著阿柿：「妳現在可以逃走了，我們自己前往酒吞童子的宅邸就可以了。」阿柿卻沒有逃走，而是對著源賴光和藤原搖搖頭。

「我已經喝下了酒吞童子的鬼酒，是不能離開大江山的，如果離開會七孔流血而死……我已經看到許多逃走的人屍體被拖回去，狠狠的被鬼眾吃掉。」

阿柿邊說邊流著淚發抖著：「兩位大人，請趕緊離開吧！我必須要帶著洗好的衣服回去酒吞童子的宅邸了。」阿柿說完，強忍著悲傷拿起了洗好的衣服。

「該去會一會這個酒吞童子了。」源賴光笑一笑，望向了藤原。

源賴光和藤原來到了酒吞童子的宅邸前，望著這座奢華又壯觀的宅邸，阿柿進去和鬼眾說兩位酒商前來拜訪。

酒吞童子的宅邸「鐵之御所」就像是童話故事中的龍宮一樣，極盡奢華又亮麗；而且宅邸外還有著像是護城牆的設計，就像是一座城堡一樣，易守難攻；宅邸的後方連接著大江山的山林，真的硬攻只會讓鬼眾帶領著軍隊四散到大江山脈中，到時候肯定無法再將其勢力一網打盡。

好險聽從了神明大人的話，這才沒有造成災難啊！源賴光邊摸著鬍子，慶幸著沒有帶領賴光四天王強攻。

「人類，你們還真大膽啊！」這時幾個凶神惡煞的鬼眾，拿著狼牙棒圍住了源賴光和藤原：「真謝謝你們把酒拉過來，馬上把你們當成下酒菜吃掉吧！」鬼眾拿起狼牙棒，朝著源賴光和藤原衝去！

「哼！無名小輩。」源賴光小聲的說完，抽出腰間的名刀安綱，就一瞬間，三名鬼眾的頭顱滾到了地上，成為了三具屍體。

圍在旁邊的鬼眾驚呆了！沒有想到眼前的老人竟然瞬間就殺死了三個鬼！其中一個壯碩的鬼大聲罵著：「可惡！要把你們活活的撕成碎片！」

「住手！」後面傳來了年輕女子的聲音，鬼眾紛紛的回過頭去。

「茨木童子副首領！」幾個鬼眾散開，對著過來的年輕女人畢恭畢敬。

源賴光將名刀揮了一下！將刀上鬼眾的血揮掉後，將武士刀收回了刀鞘；接著和藤原一起看著眼前的副首領。

這位被稱為茨木童子副首領的年輕女子非常的漂亮，飄逸的長髮帶著淡淡的綠色，以及那雙像是能吸入靈魂的大大瞳孔，更讓茨木童子的魅力讓人印象深刻；好身材和白皙的肌膚，就像是貴族公主般的高貴氣質，完全不像是人們傳聞酒吞童子的副首領部下茨木童子。

「真是美人啊！」藤原忍不住稱讚著。

茨木微微一笑，對著藤原和源賴光兩人說著：「大王很欣賞兩位的勇氣，要請兩位到大廳內見面。」茨木的笑容充滿著親切感。

源賴光和藤原和茨木童子一起進入了豪華的宅邸，四處金碧輝煌，充滿著珍珠瑪瑙等珍貴的物品；賴光和藤原互看一眼，這間宛如龍宮建造的豪華宅邸，許多珍貴的東西幾乎都是朝廷內貴重的寶物，從貴族或是大臣家偷出來的可能性非常的大。

「歡迎！歡迎！」前方傳來了稚嫩的聲音。

賴光看向前方，是一個身材嬌小長相清秀的美少年；這名長相異常艷麗的美少年，除了端正的五官以及些微壯碩的體格，看上去就像是一個出身高貴的貴公子。

「你們高強的武藝我已經聽到了，是什麼樣的事情讓你們來我大江山酒吞童子這邊呢？」美少年微微的一笑，眼神像是可以勾走魂魄一般。

賴光恭敬的敬禮後說著：「在下是一名酒商，正要將這些美酒運往京城中販售；路過此地聽聞酒吞童子大王愛好美酒，特來這邊獻上，看看能不能換取些微錢財讓在下帶回去繼續釀酒。」賴光說完後，和藤原一起將帶來的酒罈推到了酒吞童子面前。

「美酒嗎？」酒吞童子微微一笑，看向旁邊的人點點頭，旁邊的人立刻退到了別的地方去：「兩位辛苦了，這樣翻山越嶺過來很辛苦吧？先吃點東西休息休息吧！」酒吞童子轉過身後，對著茨木小聲說著：「等等若是那兩人不吃宴席的料理，就殺了他們。」

「知道了。」茨木微笑回答完後，對著賴光兩人說著：「這邊請，請不用客氣。」

＊

大廳的裝潢十分華麗，說是「仿龍宮」所建造的一點也不稀奇；一道一道的肉料理被送到賴光和藤原兩人面前。

「請用吧！」茨木微微一笑，打開了一道料理的鍋蓋。

鍋子裡面烹煮的並不是一般食用的肉，從外觀可以看出是人類的手！一般人肯定會嚇得叫出來，賴光和藤原看了卻一點驚訝的表情都沒有。

「喔？這麼冷靜？」酒吞童子看著兩人微笑著，用湯匙舀了一口湯起來，湯匙上還有著一顆人類的眼珠：「既然都來到了這邊，應該也知道我酒吞童子是妖怪吧？該不會連這個用人類煮的湯都不敢喝吧？」

茨木在旁邊微笑著說：「是一個美人呢！殺掉說實在的也很可惜。」茨木放了一塊肉到了口中，很快就吞了下去：「她怎麼樣也不肯服伺大王，只好煮成湯了唷！」

「商人是沒有分妖怪和人類的，我們眼中只有錢。」賴光和藤原拿起了碗，大口喝下人肉煮的湯，並喝下了用人類的血釀的酒，大聲的說著：「只要大王喜歡我們的美酒，多給我們一點錢財，以後我們還會繼續釀美酒給大王的。」

看著賴光和藤原兩人吃下人肉料理，酒吞童子的戒心也瞬間大量減少，高興的說著：「是什麼樣的美酒？快給我嚐嚐看吧！」酒吞童子邊說，邊招手催促著。

「是在下家鄉櫻花釀的美酒，稱為櫻花酒再好不過了。」賴光將酒獻給了酒吞童子。

櫻花酒呈現出漂亮的粉紅顏色，並飄出了濃濃的香氣，酒吞童子嚥了嚥口水，迫不及待的一飲而盡。

「好！真的是好酒！」酒吞童子高興的讚賞著：「比起充滿腥味人類血液釀造的酒，這種櫻花酒真的好喝！」酒吞童子一高興，大聲宣布著：「這些美酒我都要了！茨木，發給大家喝吧！」

茨木微笑著點點頭後，將美酒分給了大家。

＊

酒過三巡，似乎所有妖怪都喝得很盡興，賴光摸了摸鬍子，對著酒吞童子說著：「有一件事情，在下非常的介意，想要和大王您報告。」

「什麼事情？」酒吞童子非常的高興，似乎還沉浸在美酒的滋味中。

賴光頓了頓：「聽說……京城的賴光四天王，今晚就會率領軍隊來襲擊大王您的大江山據點。」

「什麼！」酒吞童子和茨木都非常的驚訝！一路上並沒有聽到有妖怪回報賴光四天王已經接近大江山，怎麼會轉眼間今晚就來到了這邊？

「請大王不用驚慌。」藤原這時候說了：「在下知道他們今晚會從大江山的西南方向進軍，所以只要在下帶領大王的軍隊，埋伏在進入這邊的必經谷口就可以了。」

「埋伏？」酒吞童子還是有些擔心。

以往總會有武士或是軍隊來攻擊，但是憑藉著妖怪強於人類的本領，以及茨木童子率領的童子四天王可以用魔化來讓皮膚變得刀槍不入，基本上是不用擔心的；但是賴光四天王並不是普通的武士，傳聞中可以戲弄妖怪又可以和熊玩相撲，比起來他們更像是妖怪啊！

「請大王不用擔心，讓我去埋伏他們吧！」茨木童子對著酒吞童子說著。

酒吞童子點點頭：「那麼就交給妳了！務必將賴光四天王消滅掉。」

藤原站起身：「那麼我們出發吧！」藤原望了賴光一眼，賴光用堅定的眼神看著藤原。

賴光接下來要一個人面對酒吞童子，藤原要和其他人面對妖怪大軍，都是很危險的處境。

絕不允許任何差錯！

大江山的妖怪幾乎都出發了，而且每個妖怪都喝了「神便鬼毒酒」。

持續暢飲的酒吞童子，也在不知不覺中，和留下來的妖怪一同進入了夢鄉。

「哼！只有這點程度嗎？」賴光摸了摸鬍子，站起身抽出了名刀安綱。

在一瞬間，賴光快速揮了幾刀！幾個妖怪的頭瞬間身首分離！

喝了神明賜與的神便鬼毒酒，妖怪連哼一聲都沒有，在沉睡之中結束了生命。

「剩下酒吞童子了嗎？」賴光拿著安綱慢慢靠近酒吞童子。

酒吞童子陷入熟睡後，身體已經完全變成了妖怪的模樣。頭上長著妖怪的角，身體也非常的巨大，全身的肌肉十分結實，還有著暗紅色的皮膚；現在的酒吞童子正發出非常大聲的打呼聲。

「馬上就結束了。」賴光舉起安綱，打算一鼓作氣砍下酒吞童子的頭……

「賴光大人！且慢！」後面傳來了阻止的聲音！

賴光回頭一看，原來是山洞中遇到的三位老人，真實身分就是三位神明。

「賴光大人，如果就這樣砍向酒吞童子，恐怕傷不了酒吞童子。」

酒吞童子之所以這樣肆無忌憚，一方面也是因為自己的身體幾乎刀槍不入。現在三位神明趁著酒吞童子喝了神便鬼毒酒身體法力喪失的時候，要完全將酒吞童子的能力封印起來；三位神明從手上發出了光芒，瞬間酒吞童子的身體被鎖鏈緊緊綁著。

要打敗酒吞童子，一定要抓緊機會。

源賴光集中精神，將自己從身心靈到魂魄都集中在名刀安綱上！

「就是現在！」三位神明異口同聲的喊著！集中了三位神明的力量，刀槍不入的酒吞童子身上的力量極速的弱化！

源賴光大吼一聲！安綱快速的揮下！

「碰咚！」隨著酒吞童子頭顱滾下掉落在地面的同時，原本緊閉雙眼的酒吞童子，睜開了雙眼。

酒吞童子很快的就注意到了，自己已經身首分離的狀況。

「吼啊啊啊啊——」酒吞童子的首級發出了憤怒的咆嘯聲！

宛如龍宮般的城堡——鐵之御所引發了強烈的地震，似乎隨著酒吞童子的怒吼開始慢慢的瓦解；賴光一個重心不穩，跌坐在地上的同時，酒吞童子的首級飛向賴光的方向，似乎不把賴光咬死酒吞童子死不瞑目！

危急中，賴光舉起安綱擋住了酒吞童子，並將酒吞童子的首級彈開！

酒吞童子的首級就在半空中盤旋著，瞪著大眼怒視著賴光；沒過幾秒鐘，酒吞童子的首級再次飛向賴光，賴光用安綱擋住酒吞童子的攻擊，硬是將酒吞童子的首級用力彈開！

「源大將軍！星兜！快使用星兜啊！」神明在喊著的同時，一大片天花板掉了下來，隨著物品和石頭大面積的落下，三位神明所在的位置已經離開賴光很遠了；這時候城內剩餘的人類都倉皇逃命，再繼續待著就要被壓成碎片了！

星兜……賴光邊閃著上方掉下來的物品，又要尋找可以退逃的路來保持平衡，擋住一次又一次襲擊而來的酒吞童子首級；星兜到底在哪裡？難道藤原拿走了？

不，不對！星兜一直都藏在神便鬼毒酒的推車內！

「吼啊——」酒吞童子又再次張開血盆大口衝了過來，又被賴光拿起安綱砍到旁邊！就算每次都能夠瓦解掉酒吞童子的攻擊，但是賴光的體力也慢慢到了極限，更何況城堡就要整個坍塌了……

「啊！在那邊！」賴光看到了神便鬼毒酒的推車了！賴光快速的跑到推車旁，將星兜從最後方隱密處拿了出來；就在這時，酒吞童子的首級再次飛了過來！賴光拿起星兜擋住飛過來的酒吞童子首級！

激烈撞在一起的酒吞童子首級和星兜，發出了一陣強光後炸出了一片能源波！

賴光抱著星兜跟著殘破不堪的城牆一起掉向下方，並被大片殘骸擊落到深處……

崩壞的鐵之御所在一片濃煙中冒出了大量火花，就像是要將一切罪惡都燒掉，華麗的宮殿化成了灰燼。

*

死了嗎？就這樣被一個區區血肉之軀的人類給殺掉了嗎？

酒吞童子在一片伸手不見五指的黑暗深處，四周一片虛無。

「不甘心嗎？」黑暗深處傳來了一個老人的聲音。

酒吞童子看向聲音的方向，看到一位和藹可親的老人全身發著光，微笑的望著酒吞童子。

「你是誰？不怕我這個酒吞童子嗎？」酒吞童子知道眼前的老人不是泛泛之輩，有點語帶威嚇的說著：「吾乃大江山的酒吞童子，只要我願意，能夠立刻將你咬成碎片！」說完後的酒吞童子，將身體化作更大，惡狠狠的瞪著老人。

老人仍然面帶微笑著：「老朽是誰？這對於你來說並不是很重要的事情。老朽只知道在很久、很久以前，老朽就被稱為大明神了。」

「大明神？」酒吞童子驚訝的問著：「你就是大明神！」

「是啊！老朽被稱為大明神已許久、許久的時間了。」老人繼續說著：「酒吞童子啊！你擁有極高的資質，又何必被仇恨給蒙蔽呢？只要好好的修行，你會知道這個世界之上還有無窮無盡的世界啊！」

「還有一個，沒有傷害也沒有仇恨的地方嗎？」酒吞童子頓了頓，繼續問著：「事到如今，說這些又有何用呢？」

「怎麼會沒用呢？」老人笑了笑，用手指了指黑暗的前方，前方出現了一個充滿光的隧道：「仔細看，有誰在等你？」

酒吞童子望向光的隧道前方，一個熟悉不過的身影。

「守典！守典！」隨著身影，又是一個融化了酒吞童子內心的呼喚。

小椿緊緊的抱住了酒吞童子，酒吞童子鬼的形象漸漸地消除，恢復成了普通人的大小。

「小椿，是妳嗎？」守典緊緊的抱住了小椿：「我不會再放開妳的手了。」

「嗯！好的！」小椿流下了開心的眼淚。

大明神收留了小椿的靈魂，祂知道這是酒吞童子恢復人類靈魂的關鍵。

「酒吞童子，不，應該稱呼你為守典。」大明神微笑的說著：「你好好的修行，就用你的法力來贖罪吧！只要有人類向你的首級祈禱，你就要用你的法力一邊修行一邊為人類贖罪帶來幸福吧！」

守典點點頭，牽著小椿走向光的隧道口，又看到了熟悉的身影。

是小九和徹郎，微笑的迎接守典，他們那個可愛的朱點。

溫暖充滿著守典，守典將不再孤單。

*

「老爺子！你可別隨便死掉啊！」金時邊大叫，邊在殘骸中尋找著賴光。

「這邊幾乎被燒成了灰燼了，老爺應該也得償宿願，在戰爭中完成了壯烈的一生了吧！」碓井邊嘆息邊說著。

「讓在下為賴光殿下獻上一曲吧！」藤原開始吹起了笛子。

現場一片哀痛，天下聞名的源賴光大將軍，在大江山之戰中討伐酒吞童子中壯烈犧牲了。

「碰！」一大片燒焦的天花板被從底下推到了旁邊！

「別隨便的替人送終，在下還能再戰一百年呢！」賴光邊摸著鬍子，邊拿起了裝著酒吞童子首級的星兜。

「老爺子！」金時開心的衝向了賴光。

在眾人的歡呼聲之下，早晨的陽光照在賴光臉上；大江山之戰，就此創下了膾炙人口的傳說戰役。

酒吞童子解說

酒吞童子是丹波國大江山，也就是山城國京都和丹波國一個叫大枝的地方，住在那傳聞中的盜賊鬼頭目。因為喜愛喝酒所以被部下們稱為酒吞童子。從文獻中得知，還被稱為酒顛童子、酒天童子、朱點童子等稱呼的記載。他的大本營有許多像是龍宮那樣宮殿的豪宅，同時也和許多鬼的部下住在一起。

一條天皇的時代，京都的年輕人或是公主們都遭到了神隱，莫名其妙的失蹤了。經過大陰陽師安倍晴明占卜得知，這些事情都是住在大江山的酒吞童子所犯下的惡業。在長德元年（九九五年）時，由源賴光和藤元保昌共同前往討伐酒吞童子。賴光的部下賴光四天王（渡邊綱、坂田公時、碓井貞光、卜部季武）也在此討伐戰中戰績卓越，和副首領茨木童子以及四大鬼王熊童子、虎熊童子、星熊童子、金熊童子展開激戰。

有傳聞酒吞童子是八岐大蛇和人類女孩所生的，一出生就會說話，到了四歲時已經成長為十六歲時的體能和智能，因為才能優秀被周圍的人稱為「鬼童子」；也有一說酒吞童子小時候就在比叡山出家當沙彌，因為不守佛門戒律飲酒而被討厭著；十二、三歲時據說就已經是當代的美少年，也被許多女性所愛戀。

無論是美少年形象還是惡鬼形象，在日本中是三大妖怪中之一。

茨木童子

茨木童子

茨木童子躺在一間深山的小木屋裡，她的右手已經沒有了，身體傷口處流出了大量的鮮血；不知道什麼原因，被藤原的箭矢射中的傷口非常難癒合。痛嗎？當然是難以忍受的痛。但是比起心中的痛，這一點的疼痛連萬分之一都比不上；在茨木童子旁邊出現了一隻小小隻的狐狸，像是撒嬌又像是安慰一樣用鼻子輕輕的推著茨木童子。

「小桔，又只剩妳了呢……」茨木童子用僅存的左手摸著小狐狸的頭：「這世界上，只剩妳這個朋友了呢……」茨木童子流下了眼淚，緊緊的抱著小狐狸，眼淚像是瀑布般流了下來。

孤獨、寂寞、懊悔、不甘心等情緒，隨著茨木童子的哭聲和眼淚一次全部傾瀉出來。

遠方慢慢傳來了大批人馬的聲音，瞄準著的正是大江山鬼之一族最後的倖存者：副首領茨木童子的首級。

朦朧中，茨木童子想到了過去的回憶，第一次與酒吞童子相遇。

*

「嘿！前方的可是大江山酒吞童子嗎？」一位年紀看起來才十來歲的年輕人大聲的擋在酒吞童子的隊伍正前方。

「怎麼回事？」在金色大轎子內的酒吞童子用著稚嫩的聲音問著。

扛著金色大轎的正是酒吞童子的四位鬼大將，鬼之四大天王；為首的是以力量最大的星熊童子，他走向大轎旁輕聲說著：「大王，前方有一位少年擋住了去路。」星熊童子報告完，看向眼前的年輕人大聲問著：「大膽！你是什麼人？敢擋住我們酒吞童子大王的大轎！」

「在下是伊波！是個獨自在山野中生活的人！這一次要拿下酒吞童子的首級，名揚天下！」當時還稱為伊波的茨木童子，信心滿滿的指著大轎中喊著：「酒吞童子！乖乖獻上你的首級吧！」

星熊童子愣了一下，接著和所有鬼眾大聲笑了出來！

「你們要笑也只有趁現在了。」伊波拿出了藏在身後的斧頭，殺氣騰騰的望著鬼眾。

「讓我星熊童子來當你的對手吧！」星熊童子爆出青筋，衝向伊波前方，猛力揮出一拳！

「碰！」伊波閃過星熊童子的攻擊，地上被星熊童子砸出一個大洞！

伊波一個閃身，猛力砍向星熊童子的肩膀「噗！」一聲，雖然砍到了星熊童子，卻沒有傷到星熊童子，只在星熊童子的肩膀上留下一個斧頭的印子；星熊童子用力的將斧頭給彈開！

「普通的武器可是傷不了我的，我們鬼之一族可是刀槍不入的啊！」星熊童子一轉身，對著伊波奮力一擊！伊波趕緊拿起斧頭擋住，被擊中後往後退了好幾十步！

「嗚！」伊波感到星熊童子的力量之大，不禁悶哼了一聲，手上的斧頭也因為剛剛那一擊，整個鐵片都碎掉了。

星熊童子又再一次衝過來！伊波再次閃過了星熊童子的攻擊，面對星熊童子的絕對力量，伊波只能依靠自身的速度，多次閃過致命的攻擊！

論力量是星熊童子壓倒性的勝利，但是伊波則在速度上略勝一籌。

伊波對著星熊童子的雙眼，射出藏在身上的小刀！兩隻小刀射到了星熊童子的雙眼，卻像是射到了堅硬的石頭一樣彈開了！這個舉動並沒有傷到星熊童子，卻反而觸怒了星熊童子。

星熊童子看了看掉落在地上的小刀，似乎是一種幫人類剃頭用的小刀。

「你這傢伙！不可原諒！」星熊童子原先看起來像是壯碩的中年大叔，慢慢身體開始膨脹，臉也變得面目可憎像是惡鬼一樣。

這才是星熊童子的真正樣貌，蒼白的面貌，嚇人的獠牙，以及兩隻長在頭上粗大的鬼角，最特別的是，長長的鬍鬚讓星熊童子的樣貌帶有一種不同於人類時的威嚇感。

星熊童子睜大著金色的雙目，大聲的喊著：「該死的傢伙！我要把你碎屍萬段！」星熊童子說完快速的衝向伊波！

「咦？」等到伊波注意到時，腹部已經被星熊童子狠狠的擊中，被往後擊飛到撞到了一塊大岩石上！伊波從口中吐出了鮮血，雙手抱著腹部跪在地上。

變成鬼後的星熊童子，力量和速度都大幅的強化！

「咳咳咳……」伊波不停的咳著，抬起頭來看著星熊童子：「果然，和傳聞中的一樣，你們鬼都會變身成為更兇暴的鬼。」伊波總算不再咳，站起身笑著：「不過這種招數我也會，別小看人了！」

伊波說完，集中精神後，身體也開始出現了變化，右眼眼白變成了黑色，瞳孔的顏色也變成了暗紅色！右手出現了大量的白毛，手指頭從五隻變化成三根粗大的手指頭；伊波嘴內出現了小小的獠牙，頭上也有著很小的鬼角。

酒吞童子坐在大轎內，也發現了伊波的強烈變化。

「喔？你也有鬼的血液嗎？」星熊童子笑著說：「沒用的，之前出現的不論是強力的武士還是擁有妖怪力量的挑戰者都被我們殺死了。」星熊童子慢慢走向伊波：「有著鬼力量的人類，吃起來味道也特別不同呢！」

伊波用鬼手指著星熊童子說著：「有本事就來吃吃看啊！我也正想吃吃鬼的味道呢！」伊波說完，直接衝向星熊童子！

兩個人的力量激烈的碰撞在一起！鬼化過的伊波，力量完全不輸給星熊童子！互相使出全力攻擊的兩人，在一來一往中讓所有鬼眾都看傻了眼。

「你到底是什麼人？怎麼會有這種力量？」星熊童子非常的訝異。

「多說無用！我的對手是酒吞童子，不是你！」伊波的鬼手攻勢非常凌厲，好幾次都打中了星熊童子，卻沒有打中星熊童子的要害。

之前來挑戰的武士中，有許多是名門將領出身，有一次還有武士帶著強力的軍隊來討伐，同樣都被鬼眾殺死；擁有妖怪能力的鬼怪，精通陰陽道的陰陽師等等，都不是鬼之四天王的對手；今天出現的年輕人，到底是什麼身分？

星熊童子奮力一擊，卻打空了，一個重心不穩，身體往前方倒去；就這一瞬間，伊波翻了一個身，轉到了星熊童子的正上方。

「抓到了！」抓住這個空隙的伊波，瞄準的是星熊童子頭上的角；只要用鬼手削斷星熊童子的角，星熊童子必死無疑！正要出手的一瞬間，伊波感受到一股強大的力量，硬是將自己整個撞飛！伊波看了一眼強大力量的方向。

酒吞童子動手了！是一個非常俊美的美少年，只是輕輕的一推就將鬼化的伊波推飛了好幾公尺！伊波重重的倒在地上。

「抱歉……」星熊童子想向酒吞童子道歉，卻被酒吞童子的手勢阻止；酒吞童子一瞬間來到了伊波面前。

眼前的人類非去除不可，小小年紀就有這樣的力量，絕對不能留下！酒吞童子右手擺成手刀的手勢，想要一次削斷這個叫做伊波少年的頭！

伊波望向了酒吞童子，酒吞童子卻在一瞬間征住了！

「守典……」伊波的臉和當年的小椿重疊在一起。

小椿？眼前的少年多像小椿。

「去死吧！」伊波伸出鬼手，朝著酒吞童子刺去！卻被酒吞童子輕輕的抓住，緊接著被酒吞童子的手指刺向伊波的眉心！

伊波的記憶大量的出現在酒吞童子腦中。

還是嬰兒的伊波，被捨棄在村落中一個剃刀師傅的家中；剃刀師傅夫妻一直沒有子嗣，將棄嬰伊波當作是神賜予的孩子。

伊波從小就特別聰明，和同年齡的孩子相比特別的聰明且體能也非常的好；雖然是個女孩子，剃刀師傅也將許多剃頭技藝傳授給伊波。

「女孩子？」酒吞童子愣了一下，看著動彈不得的伊波。

「放開我！」伊波想要逃離酒吞童子，卻被酒吞童子的妖術弄得動彈不得。

隨著伊波年紀慢慢長大，開始幫客人剃頭做生意；手藝好又機靈的伊波非常受村民的讚賞，大家都爭相來給伊波理髮。

有一次，伊波在幫客人剃頭髮時，門外有大官經過，造成了一陣騷動；伊波一不小心，剃刀將客人弄受傷了；雖然客人沒有追究，但是伊波在清洗用具時，看著剃刀上的血液，內心一陣悸動。

嘗過血液的伊波，感受到了人類血液的美味。

後來伊波常常將客人弄受傷，慢慢的也沒有客人再上門；發現異狀的剃刀師傅暗中觀察，卻發現了在舔舐血液的伊波，外貌會變成像是鬼一般！

被剃刀師傅趕出去的伊波，在橋中看到了自己倒影，覺悟到了自己不是人類。

從那天起，自己一個人孤零零的住在深山中，直到一次無意中聽到了大江山酒吞童子的消息，決心要取下酒吞童子的首級名揚天下。

「放開我！」伊波兩手抓住酒吞童子指著眉心的手，想要掙脫卻一點辦法都沒有。

酒吞童子繼續尋找著伊波的記憶，終於找到了伊波還在嬰兒時的記憶。

出生時的伊波，在被眼淚弄得朦朧的雙眼中，看向了倒在床上的母親。

倒在床上的女人，臉色蒼白且沒有了生命，但是表情卻是祥和幸福的。

小椿，是小椿！隔著十多年了，在伊波的腦還中看到了小椿最後一面，酒吞童子仍然感覺到了強烈的心痛。

「酒吞童子！放開我！唔！」伊波身體像是觸電一樣！身體再也使不出力量，軟綿綿的癱坐在地，這次換伊波的腦海中出現了影像。

「快帶著朱點逃啊！快啊！」徹郎大喊著。

「出家?那麼不就沒辦法再見面了……」小九哭泣著。

「謝謝！小椿很開心！感謝您……守典大人。」小椿開心的笑容。

「小守快看！外面的花火開始了唷！」守典和小椿開心的在船屋上欣賞著夜空中的花火。

一幕一幕影像讓伊波感受到無限的溫暖，這種幸福的溫暖讓伊波安靜了下來；但是接下來的影像讓伊波的幸福溫暖瞬間消失。

「守典——不要啊——」小椿被殘酷的對待著，最後在一片殺戮中，成為鬼的守典抱著沒有任何意識的小椿大聲哭泣著。

這個小椿，和剛剛在記憶中的母親，一模一樣。

那個死前的笑容，就和待在守典身邊一模一樣。

酒吞童子的手離開了伊波的眉心，就這樣看著伊波。

伊波也望著眼前的美少年，在影像中看到的守典是同樣面貌的，除了影像中的守典是光頭外，眼前的酒吞童子卻留著西瓜皮少年的髮型。

所以眼前的酒吞童子，正是自己的……

孤獨感、寂寞感、挫折感等情緒一次爆發，伊波抱著酒吞童子，大聲的號哭著，就像是個孩子一樣不停的哭著，鬼的模樣也已經消失的無影無蹤。

酒吞童子摸著伊波的頭，內心被強烈的痛襲擊著。

「到底怎麼回事啊？」星熊童子又恢復成了人類的模樣，搔著頭看著其他的鬼眾，所有人也搖搖頭錯愕的樣子。

哭累的伊波像是個孩子一樣倒在酒吞童子懷中，酒吞童子抱起了伊波，走回了大轎上。

這一天，伊波正式歸順了酒吞童子，成為了名震天下的大江山副首領茨木童子。

＊

茨木摸摸了狐狸小桔的頭後站起身，對著小桔說著：「快走吧！這裡已經不是你待的地方了，快點回去山林中吧！」

狐狸小桔像是搖搖頭一樣，繼續看著茨木發出了像是撒嬌的低鳴。

茨木突然像是暴怒一樣，右眼又再度變成鬼眼，大聲吼著：「快走！再不走我就吃了你！」小桔像是真的被嚇到一樣，快速的溜走了！

第一次茨木還是伊波時，來到了這間深山中廢棄的小木屋內，過著獨自一個人打獵自給自足的孤單日子。

有天在陷阱中，發現了這隻被困住的小狐狸。

「嘿嘿嘿！今晚有狐狸肉可以吃了。」伊波笑笑的看著陷阱中的小狐狸，但是很快就察覺了不對勁。

這隻小狐狸的頸部有著很大的傷口，像是被利器攻擊過一樣……伊波仔細看了看，小狐狸身上都有著被人為虐待的痕跡；現在在陷阱中的小狐狸，正奄奄一息的倒在地上。

被虐待的嗎？然後在逃離的時候不幸落在了這個深山的陷阱中。

伊波將小狐狸帶回小木屋，用心盡力的將小狐狸治療好，並因為小狐狸看起來像是金桔的顏色，因此取名為小桔。

小桔和普通的狐狸不同，和伊波相處的特別親密；伊波打獵時就跟在旁邊，且和狗比起來，小桔的動作更輕盈，更加靈敏，小型的獵物通常在尚未注意到時就被捕獲，大型的獵物則是被伊波輕鬆的解決。

晚上伊波就抱著小桔一起入睡，彼此之間已經擁有濃厚的友誼。

在小木屋的日子中，小桔陪伴著伊波度過了寂寞的日子，直到了那一天。

「小桔！我要去討伐酒吞童子，你快點回去山裡吧！」伊波對著小桔揮揮手，那天之後就沒再回來小木屋了。

事隔多年，小桔也長大了，比起同類型的狐狸卻還是體型小了一圈。

在大自然中，靈敏又小型反而是優勢，就像伊波一樣，比起當時以力量為主的鬼童子四天王，速度和智慧見長的茨木反而能成為副首領。

茨木撿起了已經乾枯的右手，想起了鬼童子四天王，以及大江山的回憶。

＊

「等等啊！等等啊！那邊的武士大人！」穿著華麗的和服，露出漂亮半肩的茨木，正在川邊呼喊著眼前的武士。

「哎呀！漂亮的姑娘怎麼那麼晚了在這邊呢？」壯碩的武士看著茨木，露出了色瞇瞇的笑容。

茨木裝作害羞的樣子說著：「妾身剛來到了京城並不熟悉，家裡是住在城外的商人家，不知道大人可否帶著妾身回去呢？妾身絕對會好好答謝大人的。」

茨木邊說，邊用著朱紅的嘴唇和水汪汪的大眼睛盯著武士。

武士吞了一口唾液，讓茨木一起騎上了馬，往城外騎去。

下場都是被鬼眾抓住，帶回鐵之御所烹煮吃掉了；同時也獲得了不少值錢的寶物和錢財，為大江山據點帶來了前所未有的強大。

比起酒吞童子，茨木擅長各種經商之道，也擅長市場的經營，懂得利用方法換來錢財和食物，讓大江山的鬼眾們不用傷腦筋吃穿；同時抓來年輕的男女當作奴隸，讓酒吞童子的威名日漸上升。

終於讓酒吞童子和鬼之四天王意氣風發，目標奪得天下。

直到了那一夜，所有人喪命的那一夜。

＊

「請在這邊埋伏，過不久賴光四天王出現時就可以一網打盡。」藤原說完後，走到了高處。

茨木觀望著四周的地形，發現自己的鬼眾們身處低窪處，四周都是高地圍繞著；覺得有些不對勁的茨木，有些不好的預感。

「星熊童子，有沒有覺得四周太過於安靜了？」茨木問著。

「安靜？」星熊童子搔了搔頭：「在下是覺得因為我們要求鬼眾們要用埋伏的方式，所以沒有鬼眾敢出聲吧？」

「就算是如此，也還是太安靜了。」茨木冒著冷汗說著：「連蟲鳴鳥叫都沒有，這種異常的壓迫感到底是什麼……」

突然傳來了優美的笛聲，藤原在月光下吹奏著，笛聲讓鬼眾們在不知不覺中一個一個慢慢陷入沉睡。

「什麼？」茨木也感覺到了強烈的睡意，到底是為了什麼？鬼眾們一個一個發出了酣睡的打呼聲。

突然一陣箭雨從前方射了過來！好幾個鬼眾被箭射中後，在睡眠中直接死亡！這時從前方的山坡上出現了一大群的武士！

「小心！賴光四天王來了！」茨木大聲吼著！發現是陷阱已經來不及了！說是埋伏，卻像是賴光四天王先埋伏在這，等待著鬼眾們來到低窪地；為什麼賴光四天王會在此埋伏？又為什麼聽到笛聲鬼眾們卻又一個一個睡去？

茨木瞪向藤原，憤怒到露出鬼的面貌：「你到底是什麼人！為何欺騙我們？」

藤原停下了笛聲，抽出了腰間的武士刀：「在下是正四位下藤原保昌，奉天皇陛下前來討伐逆賊。」

「『十月朧月』藤原保昌？」茨木大吼一聲：「藤原！我要你付出代價！」

又一批箭雨射過來！星熊童子大聲喊著：「大家快點鬼化，這樣就不用擔心箭矢會傷害我們！」鬼眾們有的變成了鬼的樣貌，變成了鬼的鬼眾擁有鋼鐵般的皮膚，一般武器是傷害不了他們的。

然而，箭矢仍然無情的射穿了鬼眾的身體。

「為什麼？」星熊童子拔出了一隻插進左臂的箭矢，望向了周圍倒在地上的鬼眾們。

每個鬼眾想也想不到，剛剛的美酒正是「神便鬼毒酒」，將所有鬼的力量封印住的毒酒，也是擁有讓鬼眾陷入沉睡的作用。

星熊童子大吼一聲，和來的武士們發生了激戰！幾個人類武士被星熊童子抓爆了頭！就算沒有武器在手的鬼也仍然有著恐怖的怪力！

「讓開！讓開！前方的大鬼讓我來！」金時大聲的喊著，所有人望向金時，金時正騎著一匹動物快速的前來。

定睛一看，金時騎的是一匹大熊！

藤原微笑著說：「還真的馴服了一匹熊啊！」說完後，用武士刀擋住了從左側來的攻擊！

茨木大聲吼著：「你竟敢欺騙我們！我要你付出代價！」茨木對藤原攻擊了好幾次，都被藤原閃過；這時候從茨木旁邊一把武士刀砍向茨木，茨木用鬼手一擋，將攻擊彈開！

渡邊綱冷酷的說著：「茨木童子，讓在下來取妳的首級吧！」渡邊又再次用居合斬攻擊了好幾次，速度之快讓茨木反應不過來，被砍中了好幾刀！

這個殘酷的夜晚，大意的鬼眾們在沉睡中，在全身無力中，一個一個的被斬殺。

「砍下了敵將熊童子首級！」「砍下了虎熊童子首級！」「砍下了金熊童子首級！」四處傳來了武士們的捷報。

「茨木！快走！快去報告大王！」身上插了好幾支箭矢和武士刀的星熊童子，大聲的喊著：「讓大王快點逃跑！」

「星熊童子的首級我要了！」一名武士大喊著砍向星熊童子！

星熊童子大手一揮：「別妨礙我！」這一擊將武士的頭直接打爆！腦漿爆出噴的星熊童子一身都是鮮血。

從星熊童子左邊和右邊個別出現三名武士，用鎖鏈扣住了星熊童子的雙手！

「星熊童子！小心！」茨木邊喊，想要衝過去保護星熊童子，卻又被渡邊綱阻止，被砍中了好幾刀！

「一定要通知大王！不然我們的犧牲就白費了！」星熊童子一用力！抓著鐵鍊的武士往星熊童子方向被拉過去，下一瞬間被星熊童子咬斷了頭部！「讓大王為我們報仇！」星熊童子向渡邊綱丟向鐵鍊！

「哼！」渡邊綱將鐵鍊砍向旁邊，武士刀也化為粉碎；就在這個空隙，茨木逃跑了！

茨木回頭望向了星熊童子。

星熊童子曾經在某一日的下午，有些緊張的對茨木搭話。

「茨木副首領，妳和大王到底是什麼關係？」星熊童子好奇的問著。

「我和大王？」茨木笑了笑，拿起了一個和菓子吃著，這是從京城抓來的仕女身上搜出來的，味道讓茨木還滿喜歡的：「星熊童子，怎麼會問這個呢？」

星熊童子搔搔頭說著：「有人說妳是大王的情人，但是我們看起來又不像；也有人說妳和大王像兄弟一樣親密，完全不像我們是部下的感覺，所以我實在很好奇。」

茨木又拿起了一個像是櫻花形狀的和菓子，放到嘴中後，用嘴舔著手上的糖粉，小聲的告訴了星熊童子答案。

「唉?真的嗎?那樣的大王卻……」太過驚訝的星熊童子被茨木遮住了嘴。很香的氣息，讓星熊童子神魂顛倒。

星熊童子原本是山中的樵夫，壯碩的身材非常適合這種耗體力的工作；但是有時候憤怒起來會變成恐怖外表的鬼，最終被村人趕走，為了生活下去成為了盜賊。

直到遇到了憔悴的守典，襲擊不成反而被打倒，成為了酒吞童子的第一位部下；愛喝酒的守典也改名為酒吞，開啟了酒吞童子的傳奇。

星熊童子鼓起勇氣，問著茨木：「那麼，副首領，我可不可以……」小聲的說，音量只有茨木聽的到。

茨木臉紅了一下！不過又恢復成了平時的冷靜樣子。

「為大王取得天下的那天，我就答應你的請求。」

「真的嗎？太棒啦！」星熊童子高興的喊著！星熊童子望著茨木說著。

「在那一天來到之前，妳的生命就由我來守護。」

星熊童子的微笑讓人十分的安心，就像是值得讓人依靠的大山一般。

當時的笑容，出現在現在的星熊童子臉上。

「要好好的和大王活下去，完成我們的夢想，取得天下。」

星熊童子像是唇語一般說完後，露出了笑容。

接著，星熊童子的頭．落下。

「獲得敵將星熊童子的首級啦！」金時大聲喊著！並將星熊童子的首級高舉起來！最後一個反抗的鬼眾，鬼童子四天王之首星熊童子也被砍下了首級。

武士們發出了勝利的歡呼聲！連熊都舉起了右掌，像是學著大家歡呼一樣發出了叫聲。

一支箭射過來！射中了茨木的胸口！茨木望去，發現是藤原拉著弓，將要再射向自己！茨木拔出箭矢，全力的逃脫戰場，直到了可以看向鐵之御所的小山丘上。

鐵之御所發出了熊熊的火焰，在茨木眼前崩垮掉了；背後傳來了武士們的聲音，再待在原地恐怕就沒有希望了。

流著淚的茨木再次逃離了戰場。

＊

休養了一段時間的茨木，等神便鬼毒酒的效力完全消失後，在羅城門上觀察了京城的動向，決定將賴光四天王一個一個暗殺報仇；第一個目標就是渡邊綱，先殺死渡邊綱才有希望讓源賴光等人陷入緊張中，再等時機一一擊破；化身成美女的茨木，想要用之前吸引武士的方法暗殺渡邊綱。

然而在當時，渡邊綱獲得了賴光的賞賜，身上剛好帶著名刀——髭切。

茨木的計策失敗，連右手鬼手都被整個切下；雖然幾天後用計騙回了右手，但也被藤原等人追殺。

此時此刻，茨木只有一個念頭——逃走！一定要活下去！

藤原騎著馬，身後跟著大批武士，這次的目標就是副首領茨木童子！雖然渡邊綱也想來，但是被藤原要求務必聽安倍晴明的勸告，在家將齋戒期守完。

茨木身上插了好幾隻藤原的箭矢，狼狽的逃到了山崖；身後的藤原怎麼甩都甩不掉，就這樣被逼進了絕路。

左手拿的斷掉鬼手腕，突然被箭射中！在半空中化成了灰燼。

「嗚……」茨木哭了出來，不但無法報仇，也要死在這邊了嗎？一想到這，茨木轉過身，用盡身上最後的力量，讓自己再一次的鬼化。

不想死！不想死！

騎在馬上的藤原，張起了弓箭，一連射出了三支箭矢！

三支箭矢全射在茨木的胸口！茨木的胸口噴出了大量的鮮血！

茨木已經沒有力氣了，搖搖晃晃的退到了懸崖邊。

「一心一意，一箭一生。」藤原手上的箭矢多達十支之多！大喊一聲：

「喝！」十支箭一齊飛向了茨木！

一股力量撞向了茨木，茨木看見是某個東西撞到了自己。

是小狐狸小桔，將茨木撞到了旁邊，自己身上卻中了好幾支藤原的箭矢。

小桔和茨木掉下了無盡的深淵，一邊是地面，另一邊是川流湍急的河流，茨木用僅存的力量，將小桔的箭矢拔出來，將小桔推到了河流方向。

就算要花上一千年，都要活著再次去找酒吞童子。

那個和自己一樣孤單的……

茨木的眼淚灑向夜空，像是玻璃珠子一般清澈，茨木閉上了眼睛。

「碰！」強烈的撞擊地面後，天下聞名的茨木童子化成了枯骨，被風一吹化成了塵埃……

茨木童子解說

和酒吞童子一樣是出名的鬼代表，在當時是身為大江山之役的副首領；但是到了現代反而在關西地區變成為像吉祥物般的存在。

在大江山之役後，在羅生門想要欺騙渡邊綱，卻被渡邊綱砍下了右手，名刀髭切也因為茨木童子這個「羅生門之鬼」改名為鬼切。

渡邊綱聽從了安倍晴明的建議，實施了七天的齋戒，不見任何訪客也不吃肉。然而在最後一日的黃昏，曾擔任渡邊綱乳娘的伯母來訪，因為守門人不讓伯母進來，傷心的伯母哭聲引來了渡邊綱的注意，就讓伯母進來。

伯母詢問為何要齋戒的理由後，吵著要看鬼手。渡邊綱拿出鬼手後，伯母端看許久，突然大聲喊著：「此乃吾腕！」拿著鬼手跳到庭園逃走了。

茨木童子自此下落不明。

附錄：魔化

「把我的孫子還來！」用時速三百秒在奔跑的噴射婆婆正跑在夜晚的山道上！

帶著眼鏡的青鬼女孩對著旁邊的赤鬼女孩說：「赤鬼！你到前方去準備！」「咦？可是人家還沒吃完草莓大福耶……」「快去！」

「嗚！大福噎到了……」好不容易吞下大福的赤鬼，心不甘情不願的往前方跑去：「這次結束後，一定要蕨大人多請人家吃幾個草莓大福……」碎碎唸的赤鬼躲在了前方的山路旁。

青鬼說完後，自己到轉角處去等著噴射婆婆跑來！

跑過來的噴射婆婆大喊著：「把我的孫子還來！」邊跑周圍邊颳起了強烈的颶風！青鬼卻眼睛眨也不眨，對著噴射婆婆丟出了小型的斧頭！

「什麼？」小型斧頭並沒有砍向噴射婆婆，卻在噴射婆婆周圍飛著；受到小型斧頭的影響，噴射婆婆周圍的颶風慢慢地消失，噴射婆婆的速度也漸漸的減慢。

「赤鬼！就是現在！」青鬼大聲的喊著！

赤鬼拿出了水瓶，將水灑向噴射婆婆：「成佛吧！」水潑到了噴射婆婆，噴射婆婆慢慢的結凍後，化成了冰結晶，被赤鬼收到了箱子中：「太好了！總算抓到了噴射婆婆，這下應該可以吃很多、很多的草莓大福了呢！」

「還不能大意。」青鬼走了過來：「只要怨念還在，任何時候都還會再出現像噴射婆婆這樣的妖怪。」

「為什麼呢？」赤鬼背著箱子，裡面裝著許多妖怪的結晶。

「你問為什麼嗎？」青鬼推了推眼鏡：「那是因為許多妖怪的形成來自於人心的黑暗之處，只要有怨念或是怨恨，那麼這些負面情緒就會形成一種能量，許多妖怪的誕生就是因為這樣而出現了……」

青鬼解說到了一半，才發現赤鬼早就走到了很前方了！

「喂！妳好歹問了話也要聽人家說完啊！」青鬼有點害羞又生氣的跑過去。

赤鬼對著山下張望一下，開心的說著：「哇！前面就是伊豆中央道，聽說有五月才有特產的草莓大福唷！」說完快速的往山下跑去！

「喂！等等我啊！」青鬼在後方抱怨著。

赤鬼開心的笑聲響徹在半空中。

＊

「哇啊！噫痛痛哭累唷——」夜空傳來意義不明的叫聲後，又恢復了平靜。

小金社長的屍體成了一堆爛泥，血液流滿了地上。

血液流到了一顆小小的白色珠子上，白色珠子瞬間染紅。

因為大地震的緣故，原先很深層的土地，反而跑到了上方，也讓這顆夜晚發出奇異光芒的白珠子出現在這個深谷中的地上；白色珠子像是吸收了血液，變成了紅色的珠子。

「咚叱——」紅色珠子發出了心臟般的跳動聲！

紅色珠子慢慢的化成了人形，月光照下來，是個美麗的美少女。

一動不動的少女，突然大聲的咳了幾聲！像是吸進了空氣一樣，大聲的喘息著；少女坐起身，看著旁邊。

「什麼……這到底是……」少女突然感受到一陣頭痛：「嗚……我到底是誰？」少女站起身，看著旁邊化成肉泥的小金社長。

「嗚！好噁心的味道……」少女忍不住吐了出來：「這是人類嗎？怎麼會發出那麼噁心的味道……」

「咕嚕咕嚕」旁邊傳來了奇怪的聲音。

少女看過去，發現黑暗中出現了一群長相怪異的猴子！

「咦？不要過來！」少女後退了好幾步，猴子們漸漸的逼近少女！

猴子們衝向少女！開始咬少女的身體！少女痛到大叫著！

「咚叱──」一種從內心深處發出的心悸感覺！

「別被這些下等的餓鬼給侮辱了……」像是另一個自己在和自己說話一樣，少女慢慢失去了意識。

少女右眼變成了鬼眼，開始撕裂著襲擊而來的餓鬼……

「怎麼可能？咕嚕咕嚕……鬼之一族不是滅絕或是成為護法了嗎……」帶頭的餓鬼還沒說完，就被撕裂成碎片。

＊

「早智子，我一定會將妳找出來。」藤原小聲地自言自語著：「妳是我重要的朋友，我要親口告訴妳，妳對我來說是多麼重要的人。」

夜晚的夜空慢慢的被烏雲蓋住，視線變得非常的不清楚。起霧了。

「大小姐，我有個消息。」開著車的執事說著：「聽說見桔稻荷神社的巫女很靈驗，大小姐不妨去試試看？」山道雖然充滿著霧，但是已經開過無數次的執事，卻像是在平地上開車一樣輕鬆。

「見桔稻荷神社？去詢問巫女嗎？」藤原想了一下，似乎在思考著可能性：「重爺，那就麻煩你安排看看了。」

「好的，那麼我這幾天就去聯繫……」這一瞬間，旁邊閃出了一個人影！藤原大喊：「小心！有人！」卻來不及了！車子狠狠的將人撞到了旁邊的山溝中！

「糟糕！快去看看！」執事重爺趕緊停車，和藤原來到了山溝旁。是個全身是血卻沒有穿衣服的年輕女孩子，滿身是血的倒臥在山溝中。

送到醫院去，少女昏迷了幾天後醒了，從生理狀況判斷，似乎還是個十六、七歲的女高中生；但是麻煩的是，少女完全無法記得自己的名字。

這下可麻煩了，要找早智子，又要找出那天的真相，藤原已經感到很混亂了，這下又多了找少女家人的任務。

果然，去找巫女順便去祈福一下嗎？

＊

蕨穿著正式的巫女服，正坐在見桔稻荷神社內的椅墊上。

「未來之所以會這樣，是不是真的變成貓又了呢？」亞美怯怯的問著。

蕨點點頭，認真的說著：「因為強烈的怨恨，妳的貓才會變成貓又妖怪，最後靈魂得到了救贖，才會走向了光之中。」

亞美疑惑的問著：「我比較不懂的是……明明被吃掉的孩子，又為什麼會回去了呢？」亞美還深刻的記得，看到了貓又咬碎的骨頭，發出了不愉快的聲音。

「那些是幻象，是憤恨的貓又怨念，影響了腦電波才致使妳看到幻象。」

蕨拿出了一張符咒，交給亞美：「虔誠的拿著這張符咒，回到家中用火燒掉並為妳的貓祈福吧！」亞美道謝後，離開了神社房間，來到了神社的庭園中；這時有個戴著貓耳的女孩跑到了亞美面前。

「謝謝妳很疼愛貓，這個給妳！」貓耳女孩給亞美一個東西；那是一個像是貓掌形狀的御守，上方寫著「喵喵御守」。

「茶茶音！我們要回去了喔！今晚要吃妳最愛的鮭魚大阪燒喔！」

「喵！最喜歡良介大人了！」貓耳女孩高興的跑向年輕男子身邊。

亞美看了看御守，自言自語的說著：「是神社的人嗎？可是又怎麼會COSPLAY呢？」疑惑的亞美還是將喵喵御守收起來。

後面一陣吵雜！一位戴眼鏡的男子被丟到了庭園內！

「嗚哇啊啊啊——！我不小心讓美優生氣啦！」眼鏡男子對著蕨跪下說：「求求妳！蕨大人啊！拜託給我一個戀愛御守啊！」

「我說你啊！真的什麼都不懂耶！」蕨真的有些生氣了：「說過幾次了！戀愛這種東西應該要自己去爭取，而不是一直來求助神明吧！」

吵吵鬧鬧的年輕男子哭哭啼啼的走出神社，亞美也一頭霧水的離開了神社。

蕨回到了房間內，發現赤鬼和青鬼很早就在房間內等了。

「草莓大福真的好好吃唷！」赤鬼開心的說著。

「蕨大人，要來和您報告這段時間的筆記。」青鬼說著，拿出了一本筆記本，似乎要報告很多事情。

蕨正坐後說著：「等等，我還有一組客人要來訪。」

「要我們迴避嗎？」青鬼問著。

蕨搖搖頭：「不用，兩位就在這邊等著就可以了。」

青鬼點點頭，對著赤鬼說著：「妳可不要搗蛋唷！」

「才不會呢！」赤鬼對著青鬼吐了吐舌頭，繼續吃著草莓大福。

突然，三人的臉色變得非常的嚴肅！

「蕨大人，您感覺到了嗎？」青鬼轉過頭問著蕨。

蕨點點頭，發抖著說道：「這種感覺……是鬼之一族。」

「和我們成為護法的鬼不一樣，那種是純粹的鬼之血緣，非常的濃又純正。」赤鬼舔了一下手上的草莓大福粉後繼續說著：「而且，被詛咒的藤原氏的血緣也在。」

「看來，來了個了不起的客人呢！」青鬼推了推眼鏡。

紙門打開了，藤原後方跟著少女，一種懷念的感覺，迎面而來。

《百鬼夜行—魔化》完

後記

大家好，我是雪原雪，感謝大家閱讀這一本《百鬼夜行─魔化》這本書。

不知道大家相不相信平行異世界這樣的理論呢？人們在做任何決定時，若是選擇了不一樣的狀況，是不是也會跟著命運不同呢？因為打翻了飲料錯過了一班公車，因此逃過了車禍；睡過了頭趕不上火車，買了抽獎券而中了大獎；在氣頭上時忍耐了下來，避免了和所愛的情侶分手的命運……

各種不一樣的時空，也會有不一樣的結局喔！所以每一本書都代表了或許存在的世界，這種想法是不是很酷呢？

本次的書籍是和慕雪一起共同完成，慕雪的貓又故事讓我非常深刻，是不是未來之後在天上可以跟心愛的小貓們一起呢？只可惜絡新婦的結局太過於悲慘，真希望能夠幫助可憐的里央呢！

妖怪們也可以和平相處的世界，那又是多麼令人嚮往呢？

感謝我的好朋友夏懸可以一起共同創作百鬼夜行系列；也感謝ＭＯＭＯ幫

忙繪製漂亮的妖怪，讓整個百鬼系列更加的完整；更感謝永續圖書的林主任多方面的教導，以及編輯部專業的協助。

更謝謝閱讀這本作品的你，祈求大家幸福平安。

《百鬼夜行—怨剎》夏懸　著／讀品文化

《百鬼夜行—魅惑》雪原雪　著／讀品文化

百鬼夜行：魔化 （讀品讀者回函卡）

- 謝謝您購買本書，請詳細填寫本卡各欄後寄回，我們每月將抽選一百名回函讀者寄出精美禮物，並享有生日當月購書優惠！
想知道更多更即時的消息，請搜尋"永續圖書粉絲團"
- 您也可以使用傳真或是掃描圖檔寄回公司信箱，謝謝。
傳真電話：(02) 8647-3660　　信箱：yungjiuh@ms45.hinet.net

◆ 姓名：　　□男　□女　　□單身　□已婚

◆ 生日：　　□非會員　　□已是會員

◆ E-Mail：　　電話：(　)

◆ 地址：

◆ 學歷：□高中及以下　□專科或大學　□研究所以上　□其他

◆ 職業：□學生　□資訊　□製造　□行銷　□服務　□金融
□傳播　□公教　□軍警　□自由　□家管　□其他

◆ 閱讀嗜好：□兩性　□心理　□勵志　□傳記　□文學　□健康
□財經　□企管　□行銷　□休閒　□小說　□其他

◆ 您平均一年購書：□ 5本以下　□ 6～10本　□ 11～20本
□ 21～30本以下　□ 30本以上

◆ 購買此書的金額：

◆ 購自：　　市(縣)
□連鎖書店　□一般書局　□量販店　□超商　□書展
□郵購　□網路訂購　□其他

◆ 您購買此書的原因：□書名　□作者　□內容　□封面
□版面設計　□其他

◆ 建議改進：□內容　□封面　□版面設計　□其他
您的建議：

「剪下後傳真、掃描或寄回至「22103新北市汐止區大同路三段194號9樓之1讀品文化收」

廣 告 回 信
基隆郵局登記證
基隆廣字第 55 號

2 2 1-0 3

新北市汐止區大同路三段 194 號 9 樓之 1

讀品文化事業有限公司　收

電話/(02)8647-3663　傳真/(02)8647-3660

劃撥帳號/18669219　永續圖書有限公司

請沿此虛線對折免貼郵票或以傳真、掃描方式寄回本公司，謝謝！

讀好書品嘗人生的美味

百鬼夜行：魔化